Steffen Pfingstag

Das Geheimnis der oberen Heide

Illustrationen von Ruedi Sorg

Originalausgabe
Das Geheimnis der Oberen Heide

Pfingstag-Verlag
Sophienring 26
Sulzbach/Murr

Titelbild und Illustrationen: Ruedi Sorg, Entlebuch (Schweiz)
Umschlaggestaltung und Satz: Marco Schmidt
Druck und Bindung: Streicher Druck GmbH, Winnenden

Printed in Germany
ISBN 978-3-00-040744-4

www.pfingstag.net

für Maren

Inhalt

Wochenende!

So hatte sich das Tom nicht vorgestellt! „Das kann ja heiter werden!“, brummte er missmutig und trat gegen einen Kieselstein. Klackend hüpfte das Steinchen über die Straße und verschwand raschelnd im Gras. „Als ob die Schule nicht schon schlimm genug wäre! Nein, jetzt muss auch noch *der* dazukommen!“ Toms Laune war im Keller, und er trauerte den vergangenen sechs Wochen Sommerferien nach. Wie jedes Jahr verlief der Start in den Schulalltag ein bisschen holperig. Daran hatte sich Tom gewöhnt, aber dass nun dieser Neue in der Klasse war, das schmeckte ihm gar nicht. Die erste Woche nach den Ferien war vorbei, und schon hatte er die Nase voll. Gott sei Dank war jetzt Wochenende, und das Wetter versprach schön zu werden!

Für Tom hatte die achte Klasse begonnen. Weil Obersteinhausen kein Gymnasium besaß, pendelte er täglich nach Göpfingen, einem kleinen Städtchen, etwa zehn Kilometer entfernt. Das fand er gar nicht schlecht, denn gegenüber Obersteinhausen war Göpfingen eine Weltstadt mit coolen Läden und sogar einem Kino. Außerdem halfen ihm nach einem langen, anstrengenden Unterrichtstag die Heimfahrt und der kleine Fußmarsch nach Hause meistens, die Schule hinter sich zu lassen. Das war auch heute so. Als er ihr Haus und den Garten sah, war der meiste Ärger verraucht.

Frau Dietz hatte ihren Sohn kommen sehen und erwartete ihn an der Tür: „Schön, dass du wieder da bist!“, rief sie ihm entgegen und kämpfte dabei mit Sergeant Pepper, der vor Freude kaum zu bändigen war. Mühsam hielt sie ihn am Halsband fest. Fiepend, kläffend, winselnd, heulend und vor Aufregung zitternd, hüpfte er wie ein Gummiball auf und ab. Toms Mutter hatte größte Not mit ihm. Schließlich war sie es leid und ließ das Halsband los. Mit Karacho stürmte Sergeant Pepper Tom entgegen, und mit einem kräftigen Satz warf er ihn zu Boden. „Halt! Nicht! Lass das, Sergeant!“, protestierte Tom lachend und versuchte sein Gesicht so gut es ging, vor der feuchten Schlabberzunge des Schnauzers zu schützen. Mit mäßigem Erfolg. Um die Wahrheit zu sagen: Tom erhielt eine vollständige Gesichtswäsche. „Aus jetzt!“, befahl er mit letzter Kraft und bekam vor Lachen beinahe keine Luft mehr. Der Sergeant ließ von ihm ab und rannte wie der geölte Blitz zurück ins Haus.

„Hallo Mum“, grüßte Tom seine Mutter, „was gibt's denn heute Feines?“ Er warf seine Schultasche ins Eck und steuerte geradewegs in die Wohnküche.

Frau Dietz schüttelte schmunzelnd den Kopf und schloss die Tür. „Nette Begrüßung. Da weiß man, worauf es ankommt!“ Sie ging ebenfalls in die Küche. „He, so geht das aber nicht!“, rief sie empört, als sie entdeckte, wie Tom aus den Töpfen naschte. „Warte gefälligst, bis das Essen fertig ist!“ Sie schob Tom vom Herd weg. Er war im letzten Jahr ganz schön gewachsen und beinahe so groß wie sie selbst. „Ab zum Händewaschen und nimm das Fellbündel gleich mit! Ich ruf euch dann. Julia ist auch schon da.“

„Komm, Sergeant, wir wollen mal sehen, wie es dem Schwesterherz nach der ersten Schulwoche geht!“ Sie gingen die Treppe hoch, Tom klopfte an Julias Tür und öffnete diese einen Spalt, gerade so weit, dass Sergeant Pepper durchpasste: „Los, Alter, gib Gas! Ich weiß, wie sehr du darauf stehst!“, flüsterte er dem Pfeffer-Salz-Schnauzer ins Ohr. Das ließ sich der Sergeant nicht zweimal sagen und stürmte wie ein rasender Wirbelwind mit wütendem Gebell in Julias Zimmer.

„Sergeant Pepper? Was fällt dir ein? Raus hier! Ich hab dich nicht gerufen! Wirst du wohl mein Hosenbein loslassen?“

Tom streckte grinsend den Kopf ins Zimmer: „Probleme, Schwesterchen?“ Als Antwort erhielt er postwendend ein Kissen ins Gesicht. „Au!“ Er rieb sich die Nase und trat ins Zimmer. Knurrend zerrte Sergeant Pepper Julia vom Bett. Sein Stummelschwänzchen rotierte wie ein Propeller, er raufte für sein Leben gern!

„Jetzt reicht's aber!“ Julia war auf den Boden geplumpst. Mit einer raschen Bewegung griff sie dem Sergeant ins Maul und schob seine Kiefer auseinander. Der Schnauzer gab nach und ließ sie los. „Böser Hund!“, schimpfte sie halb ernst, halb lachend und kroch zurück auf ihr Bett. „Tom ist ja der eigentliche Übeltäter!“

„Och, Julia, ich wollt dich nur aufheitern! So nach der ersten Woche im neuen Schuljahr.“

Julia verdrehte die Augen: „Hör mir bloß auf!“

„Na, na, na! Schon keine Lust mehr?“

„Wenn du so eine zickige Heulsuse wie ich in die Klasse bekommen hättest, würdest du auch schon wieder die Nase voll haben!“ Julia blies die Backen auf. „Sabine Wächter!“, rief sie übertrieben laut.

Tom stutzte: „Moment, Wächter?“

Julia nickte mit saurer Miene.

„Das Ekel, das wir in die Klasse bekommen haben, heißt genauso!“ Tom erinnerte sich ungern an die vergangenen Tage. „Aber eine Heulsuse ist der bei weitem nicht! Schon eher das Gegenteil! Ich glaube, fast jeder in der Klasse hat von ihm bereits eine Backpfeife erhalten! Wo der hinhaut, da wächst kein Gras mehr!“ Tom rieb sich seine Schulter. Erst heute Morgen hatte er Bekanntschaft mit der Faust des Neuen gemacht.

„Wie heißt er denn mit vollem Namen?“

„Peter Wächter. Will aber, dass man ihn Pete nennt. Er findet das cooler! Wer sich nicht an den Spitznamen hält, fängt eine. Du kannst mir glauben: *Alle* sagen nur noch Pete zu ihm.“

„Vielleicht sind die beiden tatsächlich Geschwister." Julia überlegte. „Dürfte kein Problem werden, das in der nächsten Woche herauszufinden!"
„Ich werde *den* nicht fragen, ob er eine Schwester hat! Mein Bedarf an blauen Flecken ist gedeckt!" Tom winkte entschieden ab.
„Ich knüpf mir Saby in einem günstigen Moment mal vor. Sie besteht übrigens auch auf ihren Spitznamen und keift gleich los, wenn sie einer aus Versehen Sabine nennt. Noch so 'ne Gemeinsamkeit!", grinste Julia, deren Interesse an dem ungleichen Paar geweckt worden war. Sie wollte mehr über die Wächters erfahren.
„Jedenfalls ist jetzt Wochenende!" Tom wandte sich einem erfreulicheren Thema zu und war fest entschlossen, sich darin durch nichts und niemanden stören zu lassen. „Bruno wird uns sicher vermissen!"
„Stimmt." Julia konnte es für einen Moment nicht fassen, dass über eine Woche vergangen war, als sie ihn zum letzten Mal gesehen hatten. Richtig gute Freunde waren sie geworden! Eigentlich gehörte Bruno inzwischen zur Familie. Er war so etwas wie ein „Kumpel-Onkel-Opa-Freund" und unverzichtbarer Teil im Leben der Familie Dietz. „Hoffentlich macht er sich keine Sorgen, weil er so lange nichts von uns gehört hat." Julia plagte ein wenig das schlechte Gewissen.
„Das ändern wir noch heute!", entschied Tom. Somit war klar, was nach den Hausaufgaben anstand: ein Besuch bei Bruno.
Herr Dietz kam am frühen Nachmittag nach Hause und bekam gerade noch mit, wie die drei aus der Tür stürmten.
„Tag, Paps!", rief Tom im Vorbeirennen.
„Klasse, dass du da bist! Tschüss!" Julia drückte ihrem Vater einen Kuss auf die Wange und verschwand ebenso schnell wie Tom in der Garage.

Auch der Sergeant hatte nur ein beiläufiges „Wuff!" für Herrn Dietz übrig. Er wollte keinesfalls zurückbleiben.
„Ts, ts, ts", schmunzelte Heinz Dietz und freute sich über die Umarmung seiner Frau zur Begrüßung. „Ja, ja, die Kinder!", klang er etwas versonnen. Gemeinsam warteten sie auf der Treppe, bis die zwei Racker mit den Rädern den Hof verlassen hatten.
„Die gehen schon eher in die Richtung von Jugendlichen", berichtigte Frau Dietz ihren Mann. „Wie wär's mit einem Tässchen Kaffee?"
Herr Dietz nickte dankbar.

Es war ein richtig schöner Spätsommertag: blauer Himmel, Sonnenschein und 25 Grad warm. „Super!", freute sich Tom. Genüsslich sog er die warme Luft in die Nase. Sie roch schon ein bisschen nach Herbst. Wie üblich rannte Sergeant Pepper neben Tom und Julia her. Ihm tat der Auslauf gut, besonders dann, wenn es wie heute nicht mehr ganz so heiß war.
„He, Tom, schau mal!", rief Julia plötzlich und zeigte auf ein altbekanntes Fahrzeug, das in einer Nebenstraße stand. „Ist das nicht Hubses Transporter?"
Tom blickte in die angedeutete Richtung. Ja, da stand tatsächlich ein Fahrzeug der Gemeindeverwaltung Obersteinhausens, und der Motor eines Rasenmähers war zu hören. „Komm, wir gucken mal!"
Die Geschwister bogen ab und entdeckten kurz darauf Hubert Grün, wie er konzentriert und geschäftig den Rasen eines kleinen Spielplatzes mähte, der eigentlich nur aus einem Sandkasten und einer Schaukel bestand. Trotzdem hatte er es sehr wichtig. Zumindest zeigte Hubse ein sehr ernstes Gesicht und achtete auf nichts anderes.
„Den überraschen wir!" Julia grinste und versteckte ihr Rad hinter dem Transporter; Tom tat es ihr nach.

„Pscht!“, flüsterte er dem Sergeant mit auf den Mund gelegtem Zeigefinger zu. Der Schnauzer spitzte die Ohren und verstand. Sie warteten, bis Hubse an ihnen vorüber war, dann schlichen sie ihm hinterher. Besonders leise brauchten sie dabei nicht sein, der Rasenmäher machte einen Riesenlärm. Sobald sie direkt hinter Hubse waren, zählte Julia mit den Fingern auf drei. Das war das Zeichen: „Buh!“, brüllten die Geschwister aus Leibeskräften, und der Sergeant unterstützte sie mit lautem Gebell.

Erschrocken zuckte Hubert Grün zusammen und hielt sich mit beiden Händen die Ohren zu. „Hilfe!“, rief er laut und drehte sich um. Mit großen Augen starrte er Tom und Julia an. Sie bogen sich vor Lachen und freuten sich diebisch über ihre gelungene Aktion. Derweil zuckelte der Rasenmäher weiter über den Rasen.

„Ja gibt's denn so was?" Empört stemmte Hubert die Hände in die Hüfte und war kurz davor, sich richtig zu ärgern: „Na wartet!", setzte er sauer an, da fiel ihm ein, dass der Rasenmäher nun herrenlos unterwegs war. „Ach du liebe Zeit!" Bestürzt schaute sich Hubse nach seinem Gerät um und sah voll Schreck, wie der Mäher eine Schneise durch das Rosenbeet geschlagen hatte und zielgerichtet auf das kleine Bächlein zusteuerte. Gewiss, nur ein Rinnsal, aber in einem tiefen Graben, umringt von einem Dickicht aus hohem Schilf. „Ojemineh!" Hubse vergaß seinen Ärger und rannte dem Rasenmäher hinterher. Das sah schon sehr witzig aus mit seiner blauen, etwas zu großen Latzhose und den gelben Gummistiefeln, die er trotz der Wärme an hatte. Doch er kam zu spät. Mit lautem Getöse verschwand der Mäher im Schilf und wirbelte dabei eine ordentliche Staubwolke auf. Einen Moment später gab es noch ein letztes „Blubb", dann herrschte schlagartig Stille.
„Ups", flüsterte Julia ihrem Bruder aus dem Mundwinkel zu und fragte sich, ob es jetzt nicht besser wäre, sich im wahrsten Sinn des Wortes aus dem Staub zu machen.
Besorgt war Hubse seinem Rasenmäher ins Dickicht gefolgt und hatte ihn tatsächlich im Graben wiedergefunden. Er steckte bis zum Auspuff im Matsch. „So ein Dreck!", schimpfte er und mühte sich sofort, die Maschine aus dem Schlamassel herauszuziehen.
Tom eilte ihm zu Hilfe und streckte die Hand aus. „Tut uns Leid! Wir haben vergessen, wie schreckhaft du sein kannst. Frieden?"
Mürrisch ergriff Hubert die angebotene Hand, und mit vereinten Kräften schafften sie es, den Mäher aus dem Graben zu ziehen. Hubse stand der Schweiß auf der Stirn. Sein einziger Gedanke galt im Moment dem Rasenmäher. War er kaputt?

Sofort versuchte er ihn zu starten und zog dazu ein paar Mal am Anlasser. Doch mehr als lustloses Geblubber war dem Motor nicht zu entlocken. „Sprichwörtlich abgesoffen!“, brummte Hubse und warf sich ins Gras.
„Ist er hinüber?“, fragte Julia vorsichtig, als sie mit Sergeant Pepper zu ihnen aufgeschlossen hatte. Aufmunternd leckte der Schnauzer Huberts Hand.
„Ich glaube nicht. Wir müssen eben eine Weile warten, bis das Benzin im Luftfilter verdunstet ist, dann springt er wieder an.“ Hubert wischte sich mit seinem Taschentuch übers Gesicht.
Die Geschwister hatten ein schlechtes Gewissen. So war das alles nicht gedacht gewesen. „Ein Eis zur Versöhnung?“, fragte Tom. Er hatte noch fünf Euro in der Tasche.
Beim Stichwort „Eis“ hellte sich Hubses trübes Gesicht auf. Für Tom Anzeichen genug, sich gleich auf den Weg zu machen, um am Kiosk welches zu holen.
Julia blieb mit Sergeant Pepper bei Hubse: „Tut uns wirklich Leid!“, entschuldigte sie sich nochmals. Sie setzte sich neben ihn. „Aber lustig war's schon“, schmunzelte sie.
Hubse ließ seinen Blick über den Spielplatz wandern, um seine Mundwinkel spielte ein leichtes Grinsen, als er die Spur des Rasenmähers sah.
„Findest du nicht auch?“ Julia blinzelte ihn an.
Hubert Grün versuchte, seinen mürrischen Gesichtsausdruck aufrecht zu erhalten, aber er konnte es nicht verhindern, dass sich seine Lippen immer weiter auseinanderzogen. „Nein, das war sehr gemein!“, beharrte er leicht kichernd.
Nun wusste Julia, dass sein Ärger verflogen war.
Bald darauf traf Tom mit drei Tüten Eis ein. Dem Sergeant lief sofort das Wasser im Mund zusammen. „Mach dir da mal keine falschen Hoffnungen“, lehnte Tom ab und reichte Hubse und Julia jeweils eine Tüte.

„Danke!“, sagten sie fast gleichzeitig und packten das Eis aus. „Mmh, Schokolade!“, schmatzte Hubse. Spätestens jetzt war er vollkommen versöhnt.
Tom freute sich darüber: „Das ist doch ein toller Auftakt für das Wochenende!“
„Stimmt schon.“ Hubse grinste und wischte sich mit dem Handrücken den Mund ab. Nur einen Moment später wurde sein Blick wieder finster.
„Stimmt mit dem Eis etwas nicht?“ Julia war seine Veränderung sofort aufgefallen.
„Ne, ne, das schmeckt klasse!“ Hubse winkte ab. „Mir ist eben eingefallen, dass ich erst Wochenende hab, wenn ich auf der Oberen Heide mit Mähen fertig bin.“
„Obere Heide? Noch nie davon gehört. Was ist das?“
„Kein guter Ort, Tom.“ Nun schmeckte Hubse das Eis gar nicht mehr. „Hier, für dich!“ Er hielt die Tüte Sergeant Pepper hin. Der ließ sich natürlich nicht zweimal bitten und schlabberte voller Genuss das Eis, auch die Waffeltüte verdrückte er bis auf den letzten Krümel.
„Da drüben!“ Hubse deutete auf einen bewaldeten Höhenzug, der ein ganzes Stück von Obersteinhausen entfernt lag.
„Und?“, fragte Julia.
„Hinter den Bäumen gibt es eine offene Hochebene mit einem eingezäunten Gelände, auf dem etliche alte Holzhütten stehen, manche sind halb zerfallen. Richtige Holzbaracken eben. Das ganze Gebiet gehört zu Obersteinhausen, und ich muss heute noch den Rasen innerhalb des Zauns mähen.“ Hubse winkelte die Knie an, stützte seine Ellenbogen darauf und legte den Kopf in die Hände.
„Und weiter?“ Tom hatte bis jetzt nicht verstanden, was daran so schlimm sein sollte.

„Da oben ist es still und unheimlich. Ich geh da nicht gern hin! Irgendwie gruselig."
Tom sah zu Julia und zuckte mit den Schultern. Er wurde aus Hubses Worten nicht schlau, und es blieb auch keine Gelegenheit für weitere Fragen. Er war aufgestanden und machte sich wieder am Mäher zu schaffen.
„Es hilft alles nichts, die Arbeit muss getan werden." Hubert probierte, den Mäher zu starten. Tatsächlich sprang er nun sofort an. „Tschüss, ihr beiden! Wenn ich heute noch fertig werden will, dann muss ich jetzt Gas geben. Danke für das Eis!" Er setzte das Mähen fort.
Die Geschwister sahen ihm zu, bis sie ihr Eis gegessen hatten und gingen dann zurück zu den Rädern.
„Hubse sieht wirklich nicht glücklich aus", meinte Julia und winkte ihm zum Abschied.
„Vielleicht weiß ja Bruno etwas über die Obere Heide!", rief Tom, um den Lärm des Rasenmähers zu übertönen, anschließend radelte er los.

Die Obere Heide

„Julia, Tom, Sergeant Pepper!" Bruno lachte hocherfreut, als er die drei vor seiner Tür stehen sah. „Kommt rein! Kommt rein!", rollte seine tiefe Stimme aus dem Dickicht seines gewaltigen Bartes hervor. „Ich kenne euch ja kaum noch!"
„Bruno, wir haben uns nur eine Woche lang nicht gesehen!" Julia verdrehte mit gespielter Empörung die Augen.
„Hö, hö, hö! Setzt euch! Wie wär's mit einem Rädchen Wurst, Sergeant?"
Der Angesprochene spitzte die Ohren, legte den Kopf schief, war mit einem Satz in der Küche und wartete vor dem Kühlschrank.
„Na, diese Antwort ist wenigstens eindeutig, Kumpel!" Bruno folgte ihm. Nachdem er dem Schnauzer sein Schmankerl gegeben hatte, kam er mit drei Gläsern, Mineralwasser und Saft zurück. Sogar eine Packung mit etwas zum Knabbern drin fand in seinen Armen und großen Händen noch Platz. Mühelos stellte er alles auf den Tisch: „Bedient euch!"
„Danke, das Eis hat durstig gemacht!" Tom schenkte sich ein. „Ihr auch?"
Bruno und Julia nickten.
„Stell dir vor, wen wir getroffen haben: Hubse!" Julia grinste und erzählte von dem Abenteuer mit dem Rasenmäher.
Brunos Bauch hüpfte vor Lachen, als er sich Hubert Grün auf der Jagd nach dem Rasenmäher vorstellte. Seit vergangenem Sommer hatte sich Bruno zu einem fröhlichen „Riesen" entwickelt. Das lag an den wundervollen Veränderungen, die in seinem Leben geschehen waren. In ruhigen Momenten erfüllte ihn eine prächtige Freude, und er dankte Gott jeden Tag für die Freundschaft zu den Geschwistern und zu Sergeant Pepper. Alles hatte sich vollständig gewandelt: Ihm war so etwas wie

eine neue Familie geschenkt worden, nachdem ihm seine eigene vor vielen Jahren durch eine schlimme Explosion im Steinbruch verloren gegangen war. Bis zur Begegnung mit Tom und Julia hatten ihn deswegen die Obersteinhausener unter vorgehaltener Hand für einen Mörder gehalten, weil sie davon ausgegangen waren, dass er an dem Unglück schuld gewesen sei. Doch nun machte die Versöhnung mit den Dörflern gute Fortschritte. Die Leute grüßten ihn wieder, und er hatte keine Angst mehr, wenn er mal einer Besorgung wegen ins Dorf musste. Das alte Misstrauen war bei allen so gut wie verschwunden! Außerdem besuchten ihn immer wieder Interessierte und Wissenschaftler im Steinbruch, um den Fundort des geheimnisvollen Sauriers mit eigenen Augen zu sehen. Brunos einsame und traurige Tage gehörten endlich der Vergangenheit an. „Hubse wird immer ein Kind bleiben!", dröhnte er lachend und wischte sich eine Träne aus dem Augenwinkel.
Tom und Julia lachten mit. Die Geschichte zu erzählen, war mindestens genauso lustig, wie sie erlebt zu haben. Nachdem sich alle drei beruhigt hatten, fragte Tom: „Bruno, was ist die Obere Heide?"
„Die Obere Heide? Wie kommt ihr denn da drauf?"
„Hubse hat von ihr erzählt. Er mag die Gegend nicht besonders", antwortete Julia.
„Hm." Bruno strich sich über den Bart. „Obersteinhausen betrieb auf der Oberen Heide vor vielen Jahren mal einen Bauhof und lagerte dort hauptsächlich das Streusalz für den Winter. Irgendwann war der Standort dem Bürgermeister dann zu abgelegen, und die Gemeinde gab ihn auf. Ziemlich einsame Gegend."
„Das ist alles?" Julia klang enttäuscht. „So wie Hubse darüber gesprochen hat, muss es da mindestens spuken!"
„Spuken? Na, ich weiß nicht."

„Gehst du mit uns hin?“, fragte Tom.
„Wann? Jetzt?“
„Nichts dagegen!“
„Au ja!“, rief Julia begeistert. „Dort waren wir noch nie!“
„Na, wenn es euch so wichtig ist …“ Bruno war über das große Interesse der Geschwister erstaunt. „Da gibt' s aber nicht viel zu sehen! Nicht, dass ihr hinterher enttäuscht seid!“, schränkte er ein und begab sich auf die Suche nach dem Autoschlüssel.
Zufrieden zwinkerte Julia ihrem Bruder zu: Sie hatten ihr Ziel erreicht! Nur wenige Augenblicke später saßen alle vier im Geländewagen. Bruno startete und gab Gas. Flott rauschten sie über die Schotterpiste durch den Wald.
„Coole Staubwolken! Die gefallen mir immer wieder!“ Tom sah begeistert aus der Rückscheibe. Das Vergnügen dauerte allerdings nur so lang, bis sie auf die geteerte Straße am Ende des Waldwegs einbogen. Sie ließen Obersteinhausen rechts neben sich und fuhren Richtung Osten. Nach ein paar Kilometern bog Bruno von der Landstraße ab. Eine kleinere Straße führte in den Wald hinein und dann steil bergauf. Oben wurde es rasch wieder flacher. Der Wald wich einer weiten, offenen Wiesenlandschaft, die mit Hecken und einzelnen Bäumen getüpfelt war.
„Hier ist es aber schön!“ Julia staunte zum Seitenfenster hinaus. Die anderen im Wagen teilten ihre Meinung.
„Seht!“ Bruno deutete nach vorn.
In einiger Entfernung kamen Gebäude in Sicht, die sich rasch näherten. Nur wenige Augenblicke später hatten die Freunde ihr Ziel erreicht und stiegen aus.
„He, Sergeant Pepper, du Schlafmütze! Wir sind da!“, rief Julia den Schnauzer. Er hatte es sich auf der Rücksitzbank gemütlich gemacht und zeigte wenig Lust, seinen angenehmen Platz aufzugeben. „Dann bleib eben drin! Ich lass die Tür auf.“ Gemeinsam

mit Tom und Bruno wandte sich Julia dem Gelände zu. Es war mit unterschiedlich großen Holzhütten und Lagerschuppen bebaut. In der Luft lag der Geruch von frisch gemähtem Gras.
„Wie still es hier oben ist!“ Tom schaute sich verblüfft um.
„Offensichtlich hat sich Hubse mit dem Mähen beeilt, sonst müssten wir ihn ja noch hören.“ Bruno legte die Hand an die Stirn und beschattete die Augen, damit er besser sehen konnte.
„Er ist schon fort.“ Julia ging auf die Gebäude zu. „Da ist ja ein Zaun!“, bemerkte sie enttäuscht. Zu gerne hätte sie sich zwischen den Hütten und Schuppen umgesehen.
„Lasst uns mal das Ganze umrunden“, schlug Tom vor und machte sich gleich auf den Weg. Julia und Bruno folgten ihm. Die Freunde erkannten, dass die Holzhütten im Viereck angeordnet waren. Im Innern dieses Vierecks war ein großer, freier Platz. Etwas abseits standen die Schuppen. Sie waren deutlich höher als die alten Hütten und in einem wesentlich besseren Zustand.
„Die sind später dazugekommen“, erklärte Bruno. „Darin lagerte unter anderem das Streusalz für den Winter.“
Die Hütten sahen wirklich erbärmlich aus: Bei den meisten waren die Fenster kaputt, bei manchen das Dach eingedrückt, und aus einer ragte sogar der Wipfel eines Baumes hervor. Julia setzte das alles zu. So schön die Landschaft der Oberen Heide war, so schwer drückte ihr die Traurigkeit dieses Ortes aufs Gemüt: „Mir gefällt's hier nicht! Ich möchte gehen!“
Bruno und Tom verstanden, was sie meinte. Das eingezäunte Gelände umgab eine unheimliche Schwere.
„Kaum auszuhalten“, bestätigte Tom das Gefühl seiner Schwester. „Weißt du, was hier oben vor dem Bauhof war?“
Bruno zuckte mit den Schultern. „Alle sprachen immer nur vom Bauhof und später, als er geschlossen war, vom alten Bauhof.“

„Nun verstehe ich Hubse besser. Ich würde hier auch nicht gerne den Rasen mähen wollen." Julia schluckte und machte sich schnurstracks auf zum Geländewagen.
„Sergeant Pepper ist nicht mehr im Auto!", rief sie, als sie angekommen war. „Wo steckst du schon wieder?"
„Der ist bestimmt in der Nähe!" Tom war gelassen. Der Pfeffer-Salz-Schnauzer entfernte sich normalerweise nie weit von ihnen.
„Gerade dann, wenn ich von hier weg will, muss *der* fehlen!" Zornig trat Julia gegen den Autoreifen.
„He! Moment mal! Was kann mein Auto dafür, wenn euer Hund weg ist?", brummte Bruno mit gespieltem Ernst.
„Seid still!" Tom legte den Zeigefinger auf den Mund. „Hört doch!"
Von irgendwoher kamen Geräusche, die sich nach Prusten und Knurren anhörten.
„Das ist der Sergeant!", flüsterte Julia und machte sich auf die Suche nach ihm. Hinter einer Hecke fand sie den Vermissten. Der Sergeant nahm nicht die geringste Notiz von ihr. Dafür war er viel zu beschäftigt. Sein Kopf steckte tief in einem Erdloch. Wild schnüffelte er darin herum, dann machte er einen Satz und buddelte wie besessen mit seinen Vorderpfoten tiefer. Störende Wurzeln zerbiss er wütend und zerrte solang an ihnen, bis sie ihn beim Graben nicht mehr stören konnten.
„Er maust!", rief Julia Tom und Bruno zu, die beim Geländewagen geblieben waren. Sie ging auf den Schnauzer zu: „Sergeant, es reicht! Guck dich mal an, wie du aussiehst! Meine Güte, wir werden dich abduschen müssen!" Julia zog ihn am Halsband. „Jetzt komm schon!", stöhnte sie, aber Sergeant Pepper wollte sein Vergnügen partout nicht aufgeben. „Sei ein artiger Hund!" Keuchend zerrte sie weiter. Plötzlich gab der Sergeant überraschend nach, und Julia purzelte auf den Hosenboden. Ohne

Trophäe wollte er aber nicht davonziehen. Er schnappte nach etwas und hielt es voller Stolz in seinem Maul. Wenn schon keine Maus, dann wenigstens das! Mit hoch erhobenem Stummelschwänzchen trollte er sich und ließ Julia im Gras sitzen.
„Na, du bist mir ja ein schöner Freund!“, maulte sie und rieb sich den Hintern.
Sergeant Pepper hatte indessen den Geländewagen erreicht und wollte mit einem Sprung auf den Rücksitz hüpfen. Im letzten Moment bekam ihn Tom gerade noch zu fassen: „Bürschchen, so geht das nicht! Erst mal sauber machen! Bruno halte ihn mal, damit er uns nicht wieder ausbüxt! Das, was jetzt kommt, mag er nämlich gar nicht!“
Bruno brummte zustimmend und beugte sich über Sergeant Pepper. Mit seinen bratpfannengroßen Händen packte er den Schnauzer am Bauch. Der Sergeant merkte sofort, dass jeder Fluchtversuch zum Scheitern verurteilt war. Er fühlte sich wie in einem Schraubstock. Also verhielt er sich lieber still und ließ die Reinigungsprozedur über sich ergehen. Tom rieb Sergeant Peppers Fell mit den Händen ab. Zum Glück war die Erde trocken, aber dafür staubte es gewaltig. Als Tom über Peppers Schnauze fuhr, sah er etwas Metallisches aus dessen Mundwinkel hervorgucken. Dabei hatte sich der Sergeant so bemüht, seine Trophäe geheim zu halten!
„He, was ist denn das?“, rief Tom erstaunt und griff dem Schnauzer ins Maul. Der war nun gar nicht gewillt, die Beute herauszugeben und versuchte mit allen Mitteln, seinen Kopf aus Toms Händen zu winden.
„Sergeant Pepper, du hast ganz schön Kraft!“, lachte Bruno und hielt den widerspenstigen Schnauzer noch etwas fester.
„Aus jetzt!“, befahl Tom barsch.
Julia kam dazu: „Was geht hier ab?“ Sie sah Sergeant Peppers hilfesuchenden Blick.

„Der hat irgendwie Metall im Maul!“, keuchte Tom und mühte sich nach Kräften, doch der Sergeant blieb stur und knurrte ärgerlich.
„Lass mich mal!“, schlug Julia vor.
„Weil du wohl mehr Kraft hast als ich?“, empörte sich Tom.
„Nee, aber mehr Köpfchen!“
„Hallo, werde nicht frech!“
Julia beachtete ihren großen Bruder nicht weiter und sagte nur: „Leckerli!“
Sofort spitzten sich Sergeant Peppers Ohren, und er sah zu Julia auf. Sie hatte in ihre Tasche gegriffen und einen kleinen Hundecracker herausgezogen. Zu dumm, dass der ihr nicht vorhin eingefallen war. Er hätte bestimmt auch am Mauseloch Wunder gewirkt! Sergeant Pepper mochte dieses Zeug für sein Leben gern. Betörender Duft stieg in seine feine Nase, das Wasser floss ihm im Maul zusammen. Da störte so ein Metallteil doch nur! Außerdem war das Leckerli ein angemessener Ersatz für die aufgegebene Beute. Er ließ das Metall aus dem Maul gleiten und schaute Julia sehnsüchtig an.
„Braver Hund!“, lobte sie ihn mit Stolz in der Stimme und warf ihm den Cracker zu. Er fing ihn mit dem Maul auf und verdrückte ihn augenblicklich.
Bruno ließ den Sergeant los. „Was hat er denn gefunden?“
Tom hob das Metallstückchen auf. Es war ein ovales Aluminiumplättchen, in das auf der einen Seite zwei Löcher und auf der anderen Seite ein Loch hinein gebohrt waren. Quer durch die Mitte bildeten hintereinander drei schmale, gestanzte Streifen eine Bruchkante. „Hm“, murmelte Tom, „irgendwie zum Abknicken.“
„Zeig mal her!“, forderte Bruno seinen jungen Freund auf. „Ich hab da so einen Verdacht!“ Er nahm das Aluminiumplättchen und begutachtete es genau. Sein Gesicht wurde ernst: „Julia, liegt drüben am Mauseloch noch mehr?“

„Also, mir ist da nichts weiter aufgefallen."
„Besser, wir sehen noch mal nach!", entschied Bruno.
Julia nickte und führte ihn mit Tom zum Mauseloch. Der Sergeant hatte das Interesse daran verloren, blieb im gemütlichen Geländewagen und beschäftigte sich mit Körperpflege.
„Da ist es!" Julia zeigte mit dem Finger auf Sergeant Peppers Wühlarbeit.
„Gut." Bruno ging auf die Knie. Es sah aus, als ob er ins Mauseloch hineinkriechen wollte, so genau untersuchte er die Stelle.
Tom gefiel Brunos Geheimnistuerei überhaupt nicht. Er wollte endlich wissen, was das alles mit ihrem Fund zu tun hatte: „Bruno, kannst du mir mal sagen, was du da machst? Bist du nun auch am Mausen? Wir sind doch nicht zum Buddeln hier, oder?"
Bruno ließ sich von Toms Drängelei nicht stören. In aller Ruhe grub er mit den Händen noch ein bisschen tiefer und nahm alles, was er in der Erde fand, in Augenschein. Schließlich stand er auf, klopfte sich die schmutzigen Hände einigermaßen sauber und brummte: „Nur Dreck und Steine, Gott sei Dank!" Erleichtert atmete er auf. Seine Worte hatten sich wie ein Dankgebet aus tiefstem Herzen angehört. Das machte die Geschwister noch stutziger. So verhielt sich Bruno nur, wenn es sich um etwas Bedeutendes handelte.
„Und?", fragte Julia gespannt.
Bruno hielt seinen jungen Freunden in der geöffneten Hand das ovale Aluminiumplättchen hin: „Das ist eine Erkennungsmarke."
„Erkennungsmarke?", riefen Tom und Julia gleichzeitig. Die beiden hatten nicht die geringste Ahnung.
„Das ist ein Überbleibsel aus dem Zweiten Weltkrieg."
Davon hatten die Geschwister gehört, und ein bisschen wussten sie auch etwas darüber. Tom platzte schier vor Neugier: „Was ist eine Erkennungsmarke?"

„Jeder Soldat besaß eine. Er musste sie immer bei sich tragen! Für den Fall, dass er getötet wurde. Mit Hilfe dieser Marke konnte geklärt werden, wer er war. Das funktioniert bis heute! Schaut!“ Er spuckte auf das Aluminium und verteilte mit dem Finger die Spucke.
„Da steht was drauf!“, rief Tom, als er die feucht glänzende Prägung entdeckte. Auch Julia hatte große Augen bekommen.
„Ja, die Marke gehörte einem ganz bestimmten Soldaten. Wenn er gefallen war, so brach man die Marke in der Mitte auseinander. Der obere Teil mit den beiden Löchern blieb beim Getöteten, und der untere Teil, mit dem einen Loch, ging zu der Wehrverwaltung und half, dem Toten einen Namen zu geben. Auf beiden Hälften stehen die gleichen Buchstaben und Zah-

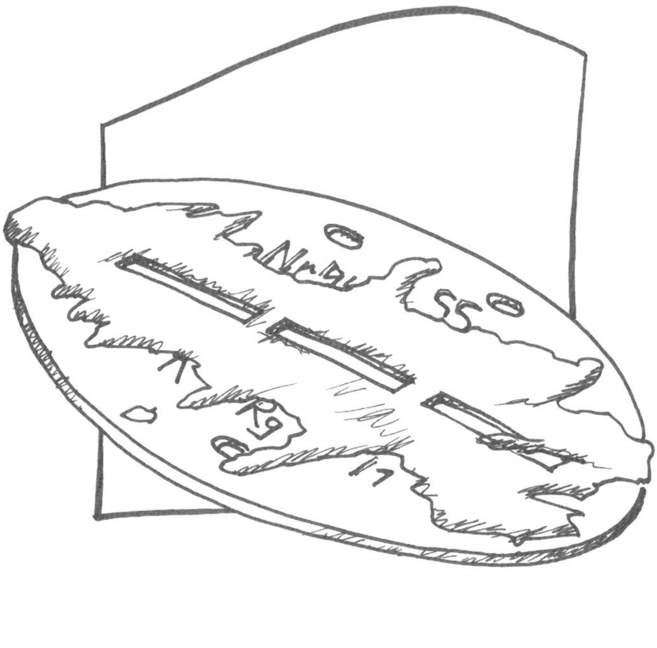

len. So erfuhren die Angehörigen, wo ihr Verwandter ums Leben gekommen war."

Nun begriffen die Geschwister langsam, warum Bruno plötzlich so ernst geworden war. Dieser setzte fort: „Noch heute sind viele Soldaten aus dem Zweiten Weltkrieg vermisst. Keiner weiß, ob und wo sie gestorben sind. Das ist sehr schlimm für die Angehörigen, die gerne mehr über das Schicksal ihrer geliebten Verwandten wissen möchten. Wenn nun jemand eine vollständige Erkennungsmarke findet, dann bleiben nur drei Schlüsse übrig: Entweder ein Soldat hat sie auf der Flucht weggeworfen oder verloren oder er ist getötet worden. Aber dann müsste von ihm in der Nähe der Fundstelle noch etwas zu finden sein.

„Was denn?", fragte Julia mit leichtem Grauen in der Stimme.

„Irgendwelche Knochen, zum Beispiel", antwortete Bruno düster.

„Brrr!" Julia fröstelte es.

„Sergeant Pepper brachte uns eine vollständige Marke ...", dachte Tom laut weiter und wurde bleich. „Deshalb hast du die Fundstelle untersuchen wollen!"

Bruno nickte. „Gott sei Dank, ich habe nichts gefunden! Es sieht ganz so aus, als ob unsere Marke einfach weggeworfen wurde."

„Warum haben manche Soldaten ihre Marke weggeworfen?"

„Es gab nicht wenige, Julia, die damals schlimme Dinge angestellt hatten. Wenn sie ihre Erkennungsmarke wegwarfen und ihre Uniform mit normaler Kleidung tauschten, konnte auf die Schnelle niemand so leicht herausfinden, wer sie waren, und ob sie in ihrer Zeit als Soldat Verbrechen begangen hatten." Bruno machte eine kleine Pause, überlegte und warf einen Blick hinüber zu den Holzbaracken. „Vielleicht hat ja unsere Marke etwas mit dem alten Bauhof zu tun?"

„Meinst du?“ Tom lief ein Schauer über den Rücken. Plötzlich drückte ihm die Stille der Oberen Heide schwer auf der Seele. Wie eine unsichtbare Käseglocke lag diese Stille über der Landschaft. Irgendwie hatte Brunos Frage gerade die Käseglocke ein wenig angehoben und ein Geheimnis berührt, das lieber im Verborgenen geblieben wäre. „Unheimlich“, flüsterte Tom.
Die Geschwister hatten genug. „Besser, wir gehen!“, entschied Bruno.
Erst als sie die stille Hochebene hinter sich gelassen hatten, nahm Tom das Gespräch wieder auf: „Und nun?“
„Ich versuch etwas über den Träger der Marke herauszubekommen“, antwortete Bruno.
„Wie das denn?“, wollte Julia wissen.
„In Berlin gibt es eine Behörde, die alle Daten von deutschen Soldaten verwaltet, die am Zweiten Weltkrieg teilgenommen haben. Vielleicht kann man uns ja dort weiterhelfen. Mich hat unser Ausflug neugierig gemacht. Nächste Woche gehe ich aufs Rathaus und probiere, ein wenig über die Obere Heide in Erfahrung zu bringen.“
„Au ja!“, rief Julia. „Da gehen wir mit!“
„Natürlich!“, antwortete Bruno. „Die Geschichte gehen wir gemeinsam an! Donnerstags hat das Rathaus auch bis zum frühen Abend geöffnet, da finden wir auf jeden Fall Zeit!“
„Cool! Klingt ganz nach einem neuen Abenteuer! Selbst wenn alles gerade ein bisschen gruselig beginnt: Das Geheimnis um die Obere Heide muss gelüftet werden! Genau das Richtige, damit ich den Ärger in der Schule besser ertragen kann!“ Tom rieb sich begeistert die Hände.

Die Wächters mischen den Laden auf

Etwa zur dritten Stunde fing es im Klassenzimmer an, unerträglich zu riechen. Freddi drehte sich mit zugehaltener Nase um: „Tom, riechst du das auch? Hier stinkt's gewaltig!", näselte er angeekelt.
Tom rümpfte ebenfalls die Nase, nickte und blies dazu die Backen auf: „Puh!"
Tina riss das Fenster auf. In der Klasse wuchs die Unruhe. Frau Wedel, die Mathe-Lehrerin, wandte sich schnüffelnd den Schülern zu: „Sagt mal, Kinder, nach was müffelt's denn hier so streng? Da wird einem ja schlecht von!" Sie öffnete ein weiteres Fenster und blickte sich suchend um. „Als ob irgendwo ein alter, gammeliger Käse vor sich hin mieft! Igitt!" Frau Wedel war ein bisschen etepetete. Sie holte ein Taschentuch heraus und hielt es sich vor die Nase. An Mathe war nicht mehr zu denken. Alle schnüffelten sich durchs Klassenzimmer. Kein Schulranzen blieb von der Untersuchung verschont. Doch nirgends wurde die Quelle des Gestanks gefunden. Ein Schüler allerdings blieb in dem ganzen Chaos auffällig gelassen: Peter Wächter.
Schließlich hatte Freddi von dessen übertriebener Lässigkeit genug: „Dir macht der Gestank wohl gar nichts aus?", zischte er Pete gereizt an.
„Was soll das heißen?"
Freddi ließ sich nicht von Petes drohendem Unterton abschrecken: „Bestimmt hast *du* für den Gestank gesorgt! Wer denn sonst?" Er deutete mit der Hand auf die anderen Schüler.
„Werde bloß nicht frech!" Schneller als alle gucken konnten, war Pete aufgesprungen und verpasste Freddi einen solchen Schubs, dass dieser rücklings über eine Tisch purzelte und unsanft auf dem Klassenzimmerboden landete: „Autsch!", kam es von unten herauf.

„Peter Wächter! Frederik Meister! Sofort aufhören!“, kreischte Frau Wedel dazwischen. „Mehr Disziplin! Das gibt für euch beide einen Eintrag ins Klassenbuch! Wenn jetzt noch etwas vorfällt, dann wandert der Nächste zum Rektor! Nachsitzen ist dann noch das Harmloseste!“ Ihre Augen verengten sich zu Schlitzen, und sie nahm Pete genau in den Blick: „Peter Wächter, hast du etwas mit diesem üblen Geruch im Klassenzimmer zu tun?“
Über Petes Gesicht spannte sich ein breites Grinsen: „Nö!“ Er bemühte sich nicht einmal, das Glucksen in seiner Stimme zu unterdrücken.
Frau Wedel verschlug Petes Unverfrorenheit die Sprache. Selten war ihr ein derart abgebrühter Schüler untergekommen! Aber sie konnte ihm nichts nachweisen. Im Zweifelsfall galt die Vermutung der Unschuld. Sie wandte sich wieder der Suche zu, aber alle Bemühungen blieben erfolglos. „Führen wir den Unterricht fort! Der betreffende Schüler darf gerne seinen Käse entfernen. Auch während des Unterrichts!“, entschied sie schließlich spitz.
Das Protestieren der Klasse nutzte nichts. Frau Wedel war gewillt, den Matheunterricht bis zum bitteren Ende durchzuziehen. Sie schob den Tageslichtprojektor aus seinem Eck und schaltete ihn an. Während sie in ihren Unterlagen nach der Schaufolie kramte, fingen einige Schüler zu kichern an. Zornig fuhr sie herum: „Was ist denn nun schon wieder los?“
Die ganze Klasse zeigte zur Leinwand, wo sich ein unförmiges, zerfließendes Gebilde abzeichnete.
„Du lieber Himmel!“, rief Frau Wedel. Rasch schaltete sie den Tageslichtprojektor aus. Der Gestank war noch unerträglicher geworden! „Peter, entferne aus dem Tageslichtprojektor, was immer auch drin sein mag!“
„Warum ich?“, brauste er auf.

„Weil in dieser Klasse erst seit deiner Ankunft sonderbare Dinge geschehen! Seit dem Schulanfang vor einer Woche hat sich mehr zugetragen als im ganzen letzten Jahr! Nur, da gab's hier noch keinen *Peter Wächter!*" Frau Wedel war stinksauer und kurz vor dem Explodieren.
Murrend und widerstrebend machte sich Pete zum Tageslichtprojektor auf: „Wer grinst oder lacht kriegt Keile!", zischte er seinen Mitschülern boshaft zu. Mit erstaunlicher Geschicklichkeit öffnete er den Deckel des Geräts und holte kurz darauf einen halb zerflossenen Camembert heraus. Mann, der stank fürchterlich!
„Ab nach draußen damit! Zu den Müllcontainern!", befahl Frau Wedel streng. „Wenn du in fünf Minuten, inklusive Händewaschen, nicht da bist, kannst du direkt zum Rektor gehen! Und denke nur nicht, ich würde scherzen! Ich werde dir nicht eine Sekunde Aufschub gewähren! Weiter im Unterricht!"
Der Rest der Stunde verlief ohne Unterbrechungen. Aber am Ende gab Frau Wedel einen solchen Berg an Hausaufgaben, dass es nur so knallte. Alle in der Klasse wussten, wem sie das zu verdanken hatten!
„Der macht sie doch ohnehin nicht!", klagte Tom.
Die Freunde nickten und warfen Pete finstere Blicke zu. So ein Schuft!
Eine Pause später kam Pete auf Freddi zu: „He, Bürschchen, wir haben noch eine Rechnung offen!", stänkerte er.
„Du kannst mich mal!" Freddi wandte sich von ihm ab.
„Guck mich an, wenn ich mit dir rede!" Pete riss Freddi herum.
„Sag mal, spinnst du?", protestierte Freddi. Nur einen Augenblick später landete Petes Faust auf seiner Nase. Das hatte gesessen! Ihm trieb es die Tränen in die Augen, benommen ging er zu Boden. Sofort tropfte Blut aus beiden Nasenlöchern.

Schlagartig wurde es still im Klassenzimmer. Einzig Freddis Schniefen war zu hören. Dann sah er rot. Wie von der Tarantel gestochen, sprang er auf und prügelte aus Leibeskräften auf Pete ein. Dieser gab ordentlich zurück.
„Die bringen sich noch um!“, rief Tom. „Auseinander!“ Er versuchte, die Streithähne zu trennen und geriet dabei selbst zwischen Hammer und Amboss. „Schnell, ruft einen Lehrer!“, keuchte er und gab alles, um Freddi von Pete wegzuzerren.
Weitere Jungs aus der Klasse standen Tom nun bei. Mit vereinten Kräften konnten sie den Kampf unterbinden. Zu dritt musste jeder Hitzkopf gehalten werden. Atemlos, blutig und mit hochroten Köpfen standen sie sich gegenüber. So fand sie Lehrer Schulze. Ohne viel Federlesen packte er jeden am Kragen und führte sie aus dem Klassenzimmer hinaus.
„Das gibt mächtig Ärger!“ Tom holte tief Luft und untersuchte die eigenen Blessuren.

Auslöser war Franzis neue Muschelkette. Sie hatte sie im Urlaub von ihren Eltern geschenkt bekommen. Viele kleine, bunte Muschelschalen waren da aneinandergereiht, und unten hing eine große Jakobsmuschel. Sie bildete das Prunkstück der Kette. Jedem fiel diese Muschel in ihrer Größe und Schönheit sofort auf. Seit dem Urlaub hatte sich Franzi nie von ihrer Kette getrennt, außer zum Waschen und Schlafen. Voller Stolz zog sie die Kette auch in die Schule an. Nicht, dass sie damit angeben wollte; nein, Franzi wollte einfach ihr wunderschönes Geschenk immer bei sich haben.
Schon am ersten Schultag in der neuen Klasse war Saby diese Kette aufgefallen. Sie konnte ihren Blick nicht von ihr lassen. Warum fahren wir nie zum Urlaub ans Meer? Warum bekomme ich nie so etwas Schönes geschenkt? Diese Fragen fraßen an Sabys Herzen, und jeden Tag wuchs der Wunsch, die Kette be-

sitzen zu wollen, ein bisschen mehr. Dann bot sich eine Gelegenheit: Es war Sportunterricht, und die Lehrerin bestand darauf, dass sämtliche Ketten und Uhren oder was sonst noch an einem herum baumeln konnte, wegen der Verletzungsgefahr, abgelegt werden mussten. Also auch die Muschelkette. Saby beobachtete, wie Franzi ihr Schmuckstück in der Sporttasche zurückließ, dann gingen die Mädchen nach oben in die Sporthalle. Heute war der Sportunterricht zweistündig. Irgendwann in der Mitte meldete sich Saby ab, um auf die Toilette zu gehen. Kurz darauf kam sie zurück.

Julia bemerkte, dass Saby den Rest der Stunde außergewöhnlich fröhlich und aktiv war. „Eigentlich ist sie ja ganz nett!“, murmelte Julia zu sich selbst.

Gerade hatten sie zusammen in einer Mannschaft das Völkerballspiel gewonnen und freuten sich tierisch über den Sieg. Sabys Fröhlichkeit übertrug sich nach und nach auf die ganze Klasse, und als alle nach dem Sport hinab zu den Umkleidekabinen gingen, waren sie zu den besten Freundinnen geworden. Diese Stimmung hielt an, bis Franzi ihre Muschelkette anziehen wollte: „Sie ist weg!“, rief sie und wurde kreidebleich. „Jemand hat meine Kette geklaut!“
„Wie, geklaut?“ Julia ging auf ihre Freundin zu.
„Na, weg!“, heulte Franzi los und schüttete den gesamten Inhalt ihrer Sporttasche auf den Boden. Die Muschelkette war tatsächlich verschwunden.
Gemeinsam stellten die Mädchen die Umkleidekabine auf den Kopf, doch die Kette blieb verschollen.
Frau Flink, die Sportlehrerin, wunderte sich, wo ihre Mädels so lange blieben. Sie musste die Sporthalle abschließen, aber noch war keines der Mädchen herausgekommen. Etwas ärgerlich ging sie zur Umkleidekabine und staunte nicht schlecht, als sie dort das geschäftige Treiben sah und in Franziskas verheulte Augen blickte: „Was ist denn hier los?“
„Jemand hat Franzis schöne Muschelkette gestohlen!“, erklärte Julia.
„Gestohlen?“ Frau Flink runzelte die Stirn. „Das gibt’s doch nicht!“ Nun half auch sie bei der Suche – ohne Erfolg. „Sehr schade!“, bedauerte sie schließlich. „Ich fürchte, ihr habt Recht. Die Kette ist gestohlen worden. Ich werde das dem Rektor melden. Bitte achtet in Zukunft darauf, dass ihr eure Wertsachen immer in die Halle mit hoch nehmt. Es ist nicht das erste Mal, dass Dinge aus der Umkleidekabine wegkommen.“
„Vielleicht ist ja Saby etwas aufgefallen, als sie auf der Toilette war?“, fiel es Lisa ein.

Alle Augen richteten sich auf Sabine Wächter. Schlagartig lief ihr Gesicht rot an.
„Nun, Sabine, ist dir etwas Verdächtiges aufgefallen, als du vorhin hier unten warst?“, fragte Frau Flink.
„N ... Nö“, stotterte sie verlegen.
Ein böser Verdacht stieg in allen auf.
„Sabine, ich muss dich bitten, deine Sporttasche zu öffnen!“
Widerstrebend zog Saby den Reißverschluss ihrer Sporttasche auf, und Frau Flink begann, diese zu untersuchen. Saby stiegen die Tränen in die Augen, denn sie wusste, was bevorstand. Einen Moment später zog Frau Flink die Muschelkette aus der Tasche. In der Umkleidekabine wurde es totenstill.
„Was hast du dir dabei gedacht?“, brach die Sportlehrerin als Erste das Schweigen.
Mehr als ein Schluchzen konnte Saby nicht über die Lippen bringen. Die Mädchen waren durch die Bank sprachlos. Niemand von ihnen hatte damit gerechnet, dass Saby eine Diebin sein könnte.
„Noch mal: Was hast du dir dabei gedacht?“
„E ... Es tut mir Leid!“, schniefte Saby. „Wie gerne würde ich selbst mal in Urlaub ans Meer fahren!“ Dicke Tränen kullerten über ihre Wangen. „Aber bei uns gibt's so etwas nicht, weil ...“ Sie setzte ihren Satz nicht fort.
„Weil?“
Saby schüttelte nur den Kopf, weinte noch mehr und vergrub ihr Gesicht tief in ihren Händen. Es war deutlich zu spüren, wie sehr sie sich für ihre Tat schämte.
Obwohl Julia Diebstahl verabscheute, tat ihr Saby sehr Leid. Sie ahnte, dass hinter dem Raub eine ganz traurige Geschichte steckte. „Lieber Gott, hilf ihr!“, flüsterte sie für alle unhörbar und wusste, dass Jesus sie gehört hatte.

„Sabine, ich werde dich zum Rektor bringen müssen. Außerdem werden wir über diesen Vorfall deine Eltern informieren!“
Frau Flink fühlte ebenfalls, dass Saby nicht aus Bosheit zur Diebin geworden war, doch in der Schule gab es für solche Geschehnisse eine klare Regelung. „Komm bitte mit! Ihr anderen geht zurück in euer Klassenzimmer! Beeilt euch! Die neue Stunde hat schon angefangen!“
„Entschuldigung. Es tut mir wirklich Leid!“, sagte Saby mit tränennasser Stimme nochmals zu Franzi, bevor sie mit Frau Flink aus der Umkleidekabine verschwand.
Franzi fiel es schwer, die Entschuldigung anzunehmen. Zu sehr war sie von Saby enttäuscht, und zu hart hatte sie das Verschwinden ihrer Lieblingskette getroffen. Dennoch sah sie, dass Saby im Grunde ein ganz armes Würstchen war. Richtig böse konnte sie ihr für den Diebstahl nicht mehr sein.
So ging es wohl den meisten Mädchen. Trotzdem würden sie Saby in nächster Zeit mit Vorsicht begegnen.
In Julia arbeitete es wild. Aus dem Abenteuer mit Bruno in den Sommerferien vor einem Jahr hatte sie gelernt, dass Dinge in Wirklichkeit oftmals anders sind, als sie nach Außen erscheinen. Was verbarg sich hinter Sabys abgebrochener Antwort? Julia wusste: Saby war keine echte Diebin! Auch hinter ihrem Gezicke steckte irgendwie etwas anderes. Bloß was?

Auf dem Rathaus

Endlich war Donnerstag! Nach fünf schier endlosen Schultagen! Der Unterricht und die Hausaufgaben hatten sich für Tom und Julia zu Nebensachen entwickelt, weil die Neugier in ihnen ständig gewachsen war. Außerdem barg jeder Tag mit Pete oder Saby gewaltige Überraschungen. Es war deutlich zu viel, wie sie ihre Klassen in Atem hielten. Trotzdem hatten die Geschwister nicht herausfinden können, ob die beiden zusammengehörten oder nicht. Das spielte heute Nachmittag aber alles keine Rolle: Der Besuch auf dem Rathaus stand an!

„Alles klar!" Julia hielt sich das Telefon ans Ohr und nickte. „Um 17 Uhr am Haupteingang!" Sie legte auf und rieb sich freudig die Hände. Rasch lief sie in Toms Zimmer, um ihm den Treffpunkt mit Bruno mitzuteilen. Tom brütete gerade über seinen Hausaufgaben, doch er war nicht bei der Sache. Julias gute Nachricht freute ihn, aber der Konzentration auf die Hausaufgaben war sie nicht dienlich. Die Zeit kroch dahin. Schließlich zeigte die Uhr halb fünf. Toms Schularbeiten waren leidlich erledigt, aber es hielt ihn nicht mehr in seinem Zimmer. Auch wenn noch reichlich Zeit blieb: Er musste jetzt los. „Julia, lass uns gehen! Ich halt das nicht mehr aus!", rief er seiner Schwester durch die geschlossene Zimmertür zu.

„Okay!", kam es von drinnen heraus. „Ich komme gleich!"

Unten, am Fuß der Treppe, wartete Sergeant Pepper schon gespannt auf die beiden. Natürlich hatte er längst mitbekommen, dass etwas in der Luft lag, und das wollte er keinesfalls verpassen. Mit etwas Mühe überzeugten sie den Sergeant, dass das Rathaus nicht unbedingt der richtige Ort für einen Pfeffer-Salz-Schnauzer war und drückten ihn Mama Dietz aufs Auge. Sie versprach ihm einen kleinen Spaziergang, was ihm über die

Enttäuschung hinweghalf. Ohne weiteres Theater ließ er seine Freunde nun ziehen.

Tom und Julia schwangen sich auf die Räder und fuhren ins Dorf. Dort stand das wunderschöne, im Fachwerkstil erbaute Rathaus, auf das jeder Obersteinhausener mächtig stolz war.

Die Geschwister stellten ihre Räder in die öffentlichen Radständer beim Dorfbrunnen und sahen auf die Rathausuhr, die in einem kleinen, schmucken Türmchen auf dem Dach untergebracht war.

„Fast noch 'ne halbe Stunde!", seufzte Tom. „Komm, wir setzen uns solange hin." Er deutete auf die Holzbank, die neben dem Radständer aufgestellt war. Von hier aus hatten die Geschwister einen guten Blick auf den plätschernden Brunnen, das Rathaus und die etwas verschlafene Ortsmitte. Eigentlich war hier nur am Markttag etwas los. Heute blieb es still. Ab und zu fuhren mal Autos oder Traktoren vorbei, aber im Wesentlichen verursachte das Plätschern des Brunnens das einzige Geräusch.

„Hat euch mal wieder eure Mutter geschickt? Die wagt sich wohl nicht her! Ist auch besser so!"

Tom und Julia horchten auf. Wer brüllte da in der verschlafenen Stille so herum? Der Lärm kam vom Ochsen herüber, einem der Gasthäuser im Dorf. Neugierig standen die beiden auf und sahen zur gegenüberliegenden Seite des Dorfplatzes.

Der Ochsen war ebenfalls ein sehr schönes Fachwerkhaus: Eine große, beidseitig begehbare Treppe führte zur Gaststube hinauf und die Außenwand des Gebäudes zierte ein altes Schild mit der goldenen Figur eines Ochsen oben drauf.

Auf der Treppe stand ein betrunkener Mann, der sich nur mit Mühe auf den Beinen halten konnte. Ohne die Hilfe der beiden Kinder wäre er wohl die Treppe hinuntergepurzelt. Vorsichtig führten sie den Mann die Stufen hinab.

„Siehst du auch, was ich sehe?", fragte Julia verblüfft.

Tom schluckte trocken und nickte. Mit so etwas hatte er überhaupt nicht gerechnet. Er traute seinen Augen kaum.
„Das ist ja schrecklich!“, flüsterte Julia und konnte kaum hinsehen.
Die Kinder, die sich mit dem Betrunkenen auf der Treppe abmühten, waren Pete und Saby. Der ganze Dorfplatz hallte vom Pöbeln des Mannes wider. Manche Fenster gingen auf, neugierig streckten die Leute die Köpfe heraus und sahen zum Ochsen hinüber. Empörung machte sich in ihren Gesichtern breit: Wie konnte einer nachmittags, kurz vor 17 Uhr, schon so betrunken sein?
„Ja, ja, gafft nur!“, brüllte der Mann zu den Obersteinhausenern hinauf. „Ich bin wieder da! Was dagegen?“
Erschrocken und peinlich berührt verschlossen die meisten ihre Fenster ebenso rasch, wie sie diese geöffnet hatten.
„Pack!“, fluchte der Mann, stolperte und fiel der Länge nach hin. „Pass doch auf!“
Ängstlich zuckte Saby zusammen. Mit vereinten Kräften gelang es ihr und Pete, den Mann wieder auf die Füße zu stellen. Sie wechselten die Straßenseite und näherten sich bis auf 20 Meter dem Dorfbrunnen; danach bogen sie in eine Seitengasse ein. Kurz bevor sie hinter einer Hausecke verschwanden, trafen sich irgendwie die Blicke von Tom und Pete. Beide erschraken. Petes Gesicht verzerrte sich wie unter Schmerzen, blitzschnell schaute er weg.
„Er hat mich erkannt!“ Tom musste immer noch dorthin sehen, wo die drei eben verschwunden waren. Wäre nicht das leiser werdende Gebrüll des Mannes zu hören gewesen, so hätte Tom geglaubt, er sei gerade einer Fata Morgana aufgesessen. „Gespenstisch!“, murmelte er.
„Wir haben uns nicht getäuscht, oder?“, versicherte sich Julia bei ihrem Bruder. „Das waren wirklich Saby und Pete?“

„Ohne Zweifel!“ Tom ließ sich auf die Bank plumpsen. „Obwohl ich es selbst kaum glauben kann!“
„Das war ja mir schon peinlich, und ich war nur Zuschauerin!“ Julia fröstelte es. „Die arme Saby! Wer war dieser Mann?“
Tom zuckte mit den Schultern: „Ich tippe auf ihren Vater.“
„Meinst du?“
„Hast du eine bessere Idee? Ihr Opa kann es wohl kaum sein, dafür sah er zu jung aus.“
Julia nickte. Tom hatte vermutlich Recht.
„Nun wissen wir auch, dass die beiden zusammengehören“, stöhnte er. Ihn schlauchte die Beobachtung genauso sehr wie Julia. Die Wächters-Kinder taten ihm richtig Leid. Gab es etwas Schlimmeres, als den betrunkenen Vater am hellen Nachmittag aus dem Gasthaus holen zu müssen und dabei von allen gesehen zu werden?
„Wenn ich Saby wäre, dann würde ich am liebsten im Boden versinken!“, flüsterte Julia.
„Dasselbe hat mir gerade Petes Blick gesagt.“ Tom konnte die Scham seines Klassenkameraden schier mit Händen greifen. Das Läuten der kleinen Glocke im Rathausturm riss ihn aus diesen Gedanken. „Gehen wir zum Haupteingang und warten dort auf Bruno.“
Nur wenige Minuten später sahen sie Brunos Geländewagen um die Ecke biegen.
„Tut mir Leid, ich habe mich ein bisschen verspätet“, entschuldigte sich der große Mann mit seiner tiefen Stimme. „Aber passt schon noch. Wollen wir?“ Er zog die Rathaustür auf, da fielen ihm die betrübten Gesichter der Geschwister auf: „Ist etwas passiert?“
„Wir haben vor ein paar Minuten mitbekommen, wie Pete und Saby ihren betrunkenen Vater aus dem Ochsen geholt haben“, erklärte Tom.

„Zumindest vermuten wir das“, schränkte Julia ein.
„Pete und Saby?“
„Pete ist in Toms Klasse und Saby in meiner.“
„Oh, das war bestimmt kein schöner Anblick.“
„Das war richtig schlimm!“
„Sind sie Freunde von euch?“
„Nee, ganz im Gegenteil!“ Tom hob abwehrend die Hände. „Die Wächters sind neu in der Schule. Sind in den Sommerferien zugezogen. Ganz schön anstrengend, die beiden!“
„Ihr mögt sie wohl nicht besonders?“
„Wir könnten ganz gut auf sie verzichten.“
„Aber so was haben sie nicht verdient!“, sagte Julia entschieden.

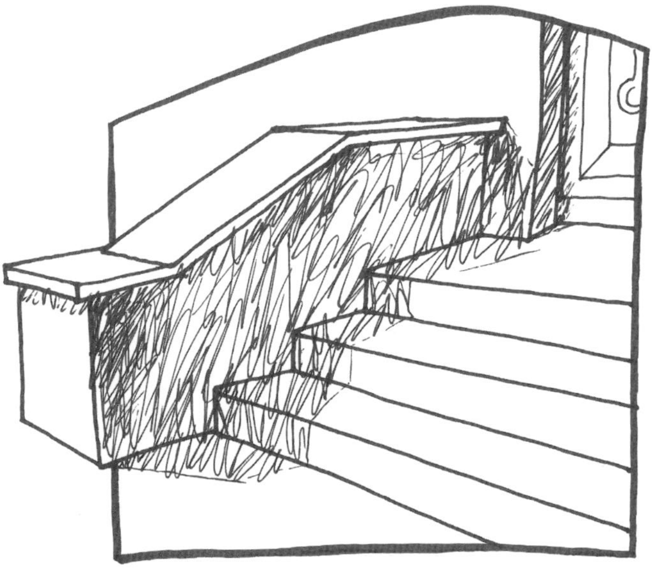

„Hm." Bruno fuhr sich mit der Hand durch den Bart. „Wie war noch mal ihr Nachname?"
„Wächter", antworteten die Geschwister gleichzeitig.
„Hm, hm, hm. Irgendwie kommt mir der Name bekannt vor."
„Der Mann hat vorhin Seltsames herumgebrüllt", fiel es Tom ein: „Ich bin wieder da, hat er geschrien."
Bruno dachte angestrengt nach, doch er konnte sich beim besten Willen nicht daran erinnern, wie und wo er den Namen früher einmal gehört hatte. „Ich komm nicht drauf. Vielleicht fällt's mir später ein. Aber nun sollten wir wirklich reingehen."
Die Freunde betraten das Rathaus. Im Eingangsbereich hing eine große Tafel an der Wand. Darauf waren die unterschiedlichen Büros mit ihren Zuständigkeiten aufgeführt.
„Wer könnte auf unsere Frage Antwort wissen?" Tom kratzte sich hinterm Ohr.
Bruno stand unschlüssig vor der Tafel: „Ja, wer wohl?"
„Kann ich unserem Ehrenbürger und seinen zwei berühmten Freunden helfen?", vernahmen sie hinter sich eine freundliche Stimme. Die drei drehten sich um und sahen vor sich den rührigen Bürgermeister Obersteinhausens stehen.
„Oh, hallo Herr Bürgermeister Ratgeber!" Bruno lachte und schüttelte dem Bürgermeister so kräftig die Hand, dass dieser am ganzen Leib wackelte.
„Danke, danke, sehr freundlich von Ihnen!" Herr Ratgeber hielt sich die Hand. Offensichtlich hatte es Bruno mit der Begrüßung zu gut gemeint und ihm selbige leicht gequetscht.
„Hoppla, tut mir Leid! War wohl etwas zu fest?"
„Macht nichts. Ich hätte es ja wissen müssen! Gib dem Burger niemals die Hand!" Der Bürgermeister grinste fröhlich, auch wenn ihm die Finger wehtaten. Trotzdem begrüßte er tapfer Tom und Julia per Handschlag. „Nun, was führt unsere Helden ins Rathaus?" Er war wirklich stolz darauf, Bruno und die Kin-

der in seiner Gemeinde zu haben. Neugierig schaute er die Freunde an.
„Na ja, möglicherweise sind Sie genau der richtige Ansprechpartner“, begann Bruno. „Wir interessieren uns für die Obere Heide.“
„Die Obere Heide?“ Erstaunt hob der Bürgermeister die Augenbrauen. Fast gleichzeitig huschte für einen Moment ein Schatten über sein fröhliches Gesicht.
Die Geschwister bemerkten das sofort.
„Die Obere Heide?“, fragte er noch mal, um etwas Zeit zu gewinnen. „Was ist an unserem alten Bauhof so besonders?“
„Zum Beispiel wie alt er ist, und ob er früher auch mal etwas anderes gewesen ist?“ Bruno war die leichte Verlegenheit des Bürgermeisters genauso aufgefallen. Irgendwie kam ihm das Thema ungelegen.
„Meines Wissens gab es dort oben schon immer einen Bauhof. Aber ich bin ja kein Heimatforscher, der sich umfassend in der Dorfgeschichte auskennt.“
„Nun ja, das Gelände bestand schon zu meinen Kindheitstagen, und in einem bin ich mir fast sicher: Die Salzlagerhallen sind erst in den 1960er Jahren gebaut worden. Da war ich um die zehn Jahre alt. Wie wurden die Hütten vorher genutzt?“
Bürgermeister Ratgebers Verunsicherung wuchs: „Wie Sie ja selbst wissen, bin ich erst nach Obersteinhausen gekommen, als ich vor 14 Jahren zum Bürgermeister gewählt wurde.
„Aber Sie haben sich doch bestimmt mit der Geschichte unseres Dorfs beschäftigt. Immerhin sind Sie der Bürgermeister!“ Bruno zeigte sich erstaunt.
„Schon, schon. Dennoch bin ich bezüglich der Oberen Heide ein bisschen überfragt.“
„Wir wären schon für einen kleinen Tipp dankbar!“, schaltete sich Tom in das Gespräch ein.

„Vielleicht hat es ja auch mit *dem* zu tun?“ Bruno hielt Herrn Ratgeber die Erkennungsmarke hin. Er hatte sie vorsichtig gereinigt, und die Prägung war nun gut erkennbar.
„Sergeant Pepper hat sie ausgebuddelt! Nicht weit von den Gebäuden entfernt!“, erklärte Julia dem Bürgermeister, der jetzt gar nicht mehr besonders fröhlich dreinschaute. Er wusste genau, worum es sich bei dieser Marke handelte.
„Nun, äh, hm. Solche Marken werden ja immer wieder gefunden. Wahrscheinlich wurde sie verloren.“
„Oder weggeworfen“, brummte Bruno geheimnisvoll. „Warum wohl?“
„Keine Ahnung. Es gibt tausend Möglichkeiten“, lächelte Bürgermeister Ratgeber gequält.
„Fanden auf der Oberen Heide im Zweiten Weltkrieg Kämpfe statt?“
„Wie gesagt, ich bin kein Heimatforscher und ich ...“
„Herr Bürgermeister, Herr Bürgermeister! Wir warten schon alle auf Sie!“ Wild fuchtelnd stürmte Kämmerer Griffel die Treppe herunter. „Der ganze Finanzausschuss sitzt im kleinen Sitzungssaal und kann ohne Sie nicht anfangen! Haben Sie denn unsere Besprechung vergessen?“ Nervös tupfte er sich mit einem Taschentuch die Glatze ab.
„Guten Tag Herr Griffel!“, grüßten die Freunde einstimmig.
„Oh, oh, guten Tag! Wenn Sie uns nun entschuldigen würden? Eine wichtige Sitzung! Herr Bürgermeister?“
Bürgermeister Ratgeber war sichtlich über Kämmerer Griffels hektischen Auftritt erleichtert: „Es tut mir Leid, die Pflicht ruft!“ Er verbeugte sich leicht und hatte seine Fröhlichkeit wiedergewonnen. Dann eilte er seinem aufgeregten Kämmerer hinterher.
„Das war ihm aber unangenehm!“, beurteilte Julia die Begegnung mit dem Bürgermeister treffend.

„Und wie!“ Tom nickte. „Aber schlauer sind wir deshalb nicht.“
„Der Bürgermeister verschweigt uns etwas, soviel ist sicher! Der weiß mehr, als er zugibt!“, knurrte Bruno unzufrieden.
„Aber warum nur?“ Julia verstand die Geheimniskrämerei von Herrn Ratgeber nicht. „Hier ist was oberfaul!“
Tom und Bruno stimmten ihr zu. Gemeinsam verließen sie das Rathaus und überlegten, wie der nächste Schritt aussehen könnte. Da kam ein orangefarbener Unimog die Straße entlang und hielt genau vor den Freunden an. Auf die Seitentür des Unimogs war das Dorfwappen gedruckt, darunter stand „Gemeindeverwaltung Obersteinhausen“. Die Tür sprang auf, und aus dem Führerhaus stieg ein etwas kleinerer, aber kugelrunder Mann. Er hatte einen hochroten Kopf und schnaufte wie eine Straßenwalze: Fritz Meißel, der Bauhofleiter.
„Hallo Fritz!“, begrüßte ihn Bruno lachend. „Haste vergessen, dass schon vor mehr als einer Stunde Feierabend war?“
„Grüß dich, Bruno!“, keuchte Bauhofleiter Meißel erschöpft. „Wir waren gerade am Teeren, als kurz vor Feierabend noch ein ganzer Laster mit heißem Teer anrückte. Natürlich konnten wir den nicht liegen lassen! Morgen früh wäre der kalt gewesen! Was denkt ihr, welch einen Aufstand da der Griffel gemacht hätte, wenn er vom Verlust von sechs Tonnen feinsten Straßenteers gehört hätte? Der wäre ja heulend direkt zum Bürgermeister gerannt und hätte ihm vorgerechnet, was das schon wieder kostet! Nee, nee, da machen wir besser Überstunden, bevor wir eins aufs Dach kriegen!“
„Und jetzt seid ihr fertig?“
Fritz Meißel nickte erleichtert. „Nur noch den Stundenzettel abgeben und dann ab nach Haus! Ich mach heute keinen Finger mehr krumm!“
„Du, Bruno, vielleicht weiß er ja etwas“, raunte Tom seinem Freund zu.

Bruno verstand: „Komm, Fritz, wir laden dich auf ein Gläschen in den Ochsen ein! Du bist ja halb verdurstet!“ Er klopfte dem Bauhofleiter auf die Schulter. Dieses Angebot schlug der kugelrunde Meißel natürlich nicht aus, denn durstig war er quasi immer.

Im Ochsen

Tom und Julia hatten ein komisches Gefühl, als sie die Treppe zur Gaststube des Ochsen hinaufstiegen. Der Anblick von Pete und Saby mit dem Betrunkenen war ihnen noch lebhaft im Gedächtnis.

„Ah, Fritz und Bruno! Und die bekannten Dietz-Kinder!", grüßte Ochsenwirt Kächele die vier beim Eintreten und wackelte hinter seiner Theke vor, um allen die Hand zu schütteln. Herr Kächele war berühmt für seine Hausschlachtungen und die selbstgemachte Wurst. Er war fast so groß wie Bruno, aber deutlich dicker. Vielleicht hatte er deswegen einen Hüftschaden oder weil er als Metzger sein ganzes Leben dem dauernden Wechsel von heißem und kaltem Wasser und den großen Temperaturunterschieden zwischen Kühlhaus und Wurstküche ausgesetzt gewesen war. Jedenfalls war Ochsenwirt Kächele nicht mehr gut zu Fuß. Aber er strahlte eine große Gemütlichkeit und Gastfreundschaft aus. Ein Wirt wie aus dem Bilderbuch: „Bitte nehmt Platz!" Er deutete auf den noch leeren Stammtisch und fragte Fritz Meißel: „Wie immer?" Der Bauhofleiter nickte und Kächele notierte auf seinen Bestellblock: „Eine große Apfelschorle. Was darf ich euch bringen?"

„Ich nehme dasselbe!", rollte Brunos Stimme durch die Gaststube.

„Ich nehme ein Spezi!", entschied sich Tom.

„Ich auch!", schloss sich Julia an.

Kächele nickte und wackelte zur Theke. Kurz darauf kam er mit dem Bestellten zurück. Für sich selbst hatte er ein Glas Mineralwasser mitgebracht.

„Prost!", sagten fast alle gleichzeitig und stießen ihrer Gläser klackend zusammen.

„Ah, das tut gut!“, seufzte Meißel glücklich. „Teeren macht durstig!“

Bruno kam ohne Umschweife zu ihrem Anliegen. Er fummelte aus seiner Jackentasche die Erkennungsmarke hervor und legte sie mitten auf den Tisch: „Die hier haben wir auf der Oberen Heide in der Nähe des alten Bauhofs gefunden. Ihr könnt euch ja denken, was das ist.“

Genau beobachteten die drei Freunde Meißel und Kächele. Fast unmerklich waren beide beim Stichwort „Obere Heide“ zusammengezuckt, doch behielten sie im Wesentlichen ihren Gleichmut. Einzig Kächele ließ die Mundwinkel ein wenig hängen.

„Fritz, wir kennen uns seit Kindheitstagen, und schon damals gab es die Gebäude dort oben. Du weißt bestimmt, wann die Anlage gebaut worden ist."
„Das kann ich dir nicht sagen, Bruno." Der Bauhofleiter zuckte mit den Schultern und nahm einen weiteren Schluck aus seinem Glas. „Keine Ahnung", schob er möglichst entspannt nach.
Für Tom und Julia ein bisschen *zu* entspannt. Sie nahmen Meißel seine Ahnungslosigkeit genauso wenig ab wie dem Bürgermeister.
„Warum weiß denn niemand, was dort oben los war?", stöhnte Julia verärgert.
„Ja, jeder, den wir fragen, weicht aus!" Tom unterstützte seine Schwester. „Warum machen alle ein Geheimnis um diesen Ort?"
Die Augen der Männer richteten sich auf die Kinder. Kächele und Meißel wurde es nun deutlich unangenehmer zumute.
„Du, als Bauhofleiter, müsstest doch wenigstens ungefähr wissen, was es mit dem alten Bauhof auf sich hat", ließ Bruno nicht locker.
„Wir hätten das Zeug schon vor 30 Jahren abreißen sollen! Aber auf mich hat ja keiner gehört!", maulte Fritz mit einem Ich-hab's-ja-schon-immer-gewusst,-dass-das-schiefgeht-Unterton in der Stimme.
„Nun, allzu lang dauert es nicht mehr, dann sind die Holzbaracken ja endlich eingestürzt!", kommentierte Bruno trocken und fragte sich gleichzeitig, warum *er* so gar nichts über die Geschichte der Oberen Heide wusste. Er war doch auch im Dorf aufgewachsen! Aber seine Eltern hatten nie etwas darüber erzählt.
„Und über das Geheimnis kann endgültig, im wahrsten Sinn des Wortes, Gras wachsen", setzte Tom hinzu.

Bei der nochmaligen Wiederholung des Wortes „Geheimnis" war die Spannung in der Gaststube ein Stückchen weiter gestiegen. Kächele verdrehte die Augen und schaute weg.
„Was ist mit dir, Wilhelm?"
„Ach Bruno, jetzt war jahrelang Ruhe im Dorf, und nun werde ich gleich zweimal am selben Tag auf dieses Thema gestoßen", seufzte er.
„Zweimal? Am selben Tag?", riefen die Freunde wie aus einem Mund.
Ertappt legte sich Wirt Kächele die Finger auf den Mund und stöhnte: „Ich hab nichts gesagt! Außerdem ruft mich die Küche! Das Abendgeschäft läuft gleich an, und ich muss noch einiges vorbereiten!" Für seine kranke Hüfte stand er erstaunlich flink auf und wackelte eilig aus der Gaststube.
Die Augen der drei Freunde richteten sich nun auf Bauhofleiter Meißel. Er hatte mehr denn je die Form einer kleinen Kugel angenommen. Es sah aus, als ob er sich hinter seinem Glas verstecken wollte.
„Herr Meißel, weshalb wäre es besser gewesen, die Holzhütten schon vor langer Zeit abzureißen?", fragte Tom freundlich.
„Tut mir Leid, Junge, darüber wird im Dorf nicht gesprochen, und ich halte mich daran."
„Och, Herr Meißel!", klagte Julia. „Geben Sie uns wenigstens einen kleinen Hinweis!"
Fritz Meißel wand sich wie ein Aal. Immer wenn ihn Kinder um etwas baten, konnte er es ihnen kaum abschlagen. „Die Obere Heide wirft kein gutes Licht auf unser schönes Dorf. Deshalb mag auch niemand darüber ein Wort verlieren", gab er sich unter großer Mühe einen Ruck.
„Ist da mal etwas Schlimmes passiert?", hakte Julia neugierig nach.
Meißel nickte unglücklich.

„Ja, und?"
„Darüber wird nicht gesprochen. Von mir erfahrt ihr jedenfalls nichts. Ich werde mich hüten, dieses Dorfgeheimnis auszuplaudern!"
„Es gibt da also wirklich ein Geheimnis in Obersteinhausen ..."
Tom rieb sich das Kinn und schaute dabei im Wechsel Bruno und Meißel an.
„Ich hab nichts gesagt!", schloss sich der Bauhofleiter rasch Kächeles Meinung an.
„Herr Meißel, Sie haben ja Angst!", rief Julia erstaunt, als sie sah, wie unruhig der kleine, kugelrunde Mann auf seinem Sitz hin und her rutschte und sich nervös mit dem Taschentuch die Schweißperlen von der Stirn tupfte.
„Nicht wahr, das hier steckt dahinter!" Bruno tippte ein paar Mal mit dem Zeigefinger auf die Erkennungsmarke. Es gab einen metallischen Klang am Tisch.
Meißels Blick fiel auf das ovale Aluminiumplättchen. Er deutete ein Kopfnicken an.
Die Freunde verstanden und wussten gleichzeitig, dass sie soeben vom Bauhofleiter mehr herausbekommen hatten, als er jemals bereit gewesen war, zu sagen.
„Danke, Fritz", brummte Bruno nachdenklich und steckte die Erkennungsmarke zurück in seine Tasche.
„Wir werden niemandem davon erzählen, dass Sie uns weitergeholfen haben!", versicherte Tom.
Meißel wirkte erleichtert. Er bedankte sich für die Apfelschorle, stand auf und verließ rasch den Ochsen.
„Hui!" Julia sah durchs Fenster, wie der Bauhofleiter beinahe zu seinem Unimog rannte. „Der hat's wirklich sehr eilig!"
Am Tisch herrschte eine komische Stimmung. Ähnlich wie neulich auf der Oberen Heide.

„Kein Wunder, dass ich nie was erfahren habe, wenn sich alle lieber die Zunge abbeißen, als etwas über den alten Bauhof zu erzählen!“, knurrte Bruno. Er ärgerte sich über die Geheimniskrämerei der Obersteinhausener.

„Damit gebe ich mich nicht zufrieden!“

„Klar wie Kloßbrühe, Tom!“, bestätigte Bruno. „Für mich ist die Geschichte auch noch nicht erledigt!“

„Und nun?“, wollte Julia wissen.

„Jetzt bezahlen wir erst mal!“ Bruno fingerte nach seinem Geldbeutel.

„Das trifft sich gut. Wirt Kächele ist uns nämlich noch eine Antwort schuldig!“ Tom war nicht gewillt, den Ochsen ohne diese zu verlassen.

„Wilhelm, zahlen!“ Brunos Stimme posaunte wie ein Nebelhorn durch die Gaststube.

Einmaliges Rufen reichte. Kächele kam aus der Küche gehumpelt, griff sich das große, lederne Portemonnaie aus der Thekenschublade und wackelte zum Stammtisch.

„Alles zusammen!“ Bruno lächelte unter seinem Bart hervor.

„Neun Euro, zehn.“

„Hier, bitte: zehn Euro. Passt schon!“

„Danke“, murmelte der Ochsenwirt und wollte sich gleich wieder verziehen.

„Herr Kächele“, hielt Tom ihn auf, „was war heute das erste Mal?“

„Der Karl ist wieder da“, antwortete er im Davongehen.

„Karl? Welcher Karl?“, rief ihm Julia hinterher.

Doch Ochsenwirt Kächele hob abwehrend eine Hand und ging zurück in die Küche.

Verdutzt schauten sich die Freunde an.

„Wer ist denn nun schon wieder Karl?“, stöhnte Tom und versuchte, sich einen Reim auf Kächeles Antwort zu machen.

Sie verließen die Gaststube und traten hinaus auf die große Treppe. Wieder kam den Geschwister die Situation in den Sinn, als vorhin Pete und Saby den Betrunkenen hier hinuntergeführt hatten. Obwohl sie nur Zaungäste gewesen waren, tat es ihnen noch immer weh, wenn sie daran dachten, wie schlimm das für die beiden gewesen war.
„Ich bin wieder da!“, wiederholte Julia gedankenverloren einen der Sätze, die der Betrunkene gebrüllt hatte, und im nächsten Moment traf sich ihr Blick mit dem von Tom: „Vielleicht ist *er* ja Karl?“, riefen sie gleichzeitig.
„Karl Wächter?“, brummte Bruno. Wieder fingen seine grauen Zellen an, nach dem Namen zu kramen. „Was sollte der Vater von euren Schulfreunden mit der Oberen Heide zu tun haben?“
„Sie sind nicht unsere Freunde“, stellte Julia sofort klar, „und ob der Besoffene tatsächlich ihr Vater ist, wissen wir auch nicht.“
„Das werden wir rausbekommen! Selbst wenn es uns noch ein paar blaue Flecken einbringen mag!“, entschied Tom.

Ein unangenehmer Auftrag

Am nächsten Tag erschien Saby nicht in der Schule. Sie sei krank, hieß es. Das Dumme war nun, dass Julia die Einzige in der Klasse war, die, wie Saby, aus Obersteinhausen kam. Damit war für jeden Lehrer klar: Julia würde ihr die Arbeitsblätter und Hausaufgaben nach Hause bringen. Darauf hatte sie nicht die geringste Lust, aber ihr blieb keine Wahl, wenn sie nicht ihr gutes Ansehen in der Schule verlieren wollte.
„Irgendeiner muss es ja tun", versuchte sie, sich selbst zu trösten, aber im selben Moment knurrte sie auch: „Warum sind die Wächters ausgerechnet nach Obersteinhausen gezogen?"
Es half nichts. Nach Schulende fühlte sich Julia wie ein bepackter Lastesel, der sich einen steilen Berg hochquälen musste. Dabei trug sie nur drei Arbeitsblätter mehr in ihrer Schultasche. Der Auftrag zu den Wächters zu gehen und Saby die Aufgaben zu erklären, drückte Julia wie eine Zentnerlast. Sie beschloss, das Unangenehme zuerst zu erledigen und rief, als sie aus dem Bus gestiegen war, mit ihrem Mobiltelefon kurz zu Hause an, damit sich niemand um sie sorgen musste. „Sag aber Tom nichts davon, Mum!", schärfte sie ihrer Mutter noch ein, bevor sie auflegte.
An der Bushaltestelle in der Ortsmitte hing ein Straßenplan. Die Klassenlehrerin hatte Julia die Adresse der Wächters mitgegeben: „Gumpengasse zwölf", murmelte sie, suchte auf der Tafel nach der Straße und fand sie am Ortsrand, nahe des Steinbachs. „Puh! Natürlich genau auf der anderen Seite des Dorfes! Ich komm mir vor wie beim Wandertag!" Sie machte sich auf den Weg, dabei stellte es sich als Glück heraus, dass Obersteinhausen nicht groß war. Acht Minuten später bog Julia in die Gumpengasse ein und staunte plötzlich: „Mann, das ist mir ja noch nie aufgefallen!" Sie war verblüfft. In der Grundbauweise

glichen sich die Häuser wie ein Ei dem anderen. Einzig in der Farbe oder in manchen, später hinzugefügten Anbauten unterschieden sie sich. Es sah aus, als ob sie alle zur selben Zeit erbaut worden waren. Das musste schon eine ganze Weile her sein, denn einige von ihnen sahen richtig alt und heruntergekommen aus. So auch das Häuschen mit der Hausnummer zwölf. Es lag am Ende der Gumpengasse und war baulich wohl noch im Originalzustand. Schmutzig-grau stand es in einem verwilderten Garten und machte den Eindruck, als sei es viele Jahre unbewohnt gewesen.
„Irgendwie traurig“, murmelte Julia und trat vorsichtig auf den Gartenweg, der zum Haus führte. Zaghaft näherte sie sich der Tür. Sie war alt und abgegriffen. Farbe blätterte in schmalen Streifen vom Holz, das darunter grau zum Vorschein kam. Oben, im hölzernen Türsturz, war mit einem Stechbeitel „Josef

Wächter 1938" eingeschnitzt. Das sah nicht besonders schön aus, aber was war schon schön an diesem Häuschen?
Auf der schäbigen, vergilbten Klingel stand „Wächter". Mit flauem Gefühl im Magen drückte Julia deren Knopf. Schrill läutete es hinter der Tür, und einen Moment später hörte sie innen Schritte. Sie schluckte und verspürte den intensiven Drang, sich zu verdrücken. Julia rechnete mit allem, nur nicht mit dieser freundlichen Frau, die sie in der geöffneten Tür begrüßte: „Guten Tag", sagte sie mit ruhiger Stimme und einem Lächeln auf den Lippen.
Verdutzt schaute Julia noch mal auf das Namensschild der Klingel. Nein, sie hatte sich nicht geirrt, hier wohnte tatsächlich die Familie Wächter. „Ich bin Julia Dietz und bringe Saby die Hausaufgaben."
„Das ist aber sehr nett von dir!" Die Frau freute sich. „Komm rein! Ich bin Sabys Mutter. Sag einfach Ute zu mir. Ich geh sie schnell holen."
Julia trat in den engen Flur. Rechts und links gingen Türen ab; direkt vor ihr führte eine schmale Treppe nach oben. Frau Wächter stieg hinauf und kam kurz darauf mit Saby an ihrer Seite wieder herunter. Sie konnte Julia kaum in die Augen blicken.
„Hallo Saby, ich bring dir die Hausaufgaben!", grüßte Julia.
„Hallo Julia", antwortete Saby leise.
„Am besten ihr geht für einen Moment ins Wohnzimmer. Da seid ihr ungestört." Frau Wächter öffnete die Tür links neben dem Eingang. Saby und Julia traten ein.
„Was hast du denn?", fragte Julia, während sie ihre Schultasche öffnete und darin nach Sabys Arbeitsblättern kramte.
„Ich fühle mich nicht gut", kam es belegt über ihre Lippen.
„Na ja, heute ist Freitag, da kannst du übers Wochenende wieder gesund werden! Hier sind dic Arbeitsblätter! Ich habe dir

auf einem kleinen Zettel die anderen Aufgaben notiert. Bei einer in Mathe muss ich dir kurz was erklären." Julia schlug das Mathebuch auf und zeigte Saby, wie sie die Aufgabe zu lösen hatte. Dabei gab sie sich richtig Mühe.
Saby staunte darüber. Mit keinem Gedanken hatte sie damit gerechnet, dass ihr jemand die Hausaufgaben bringen und sie auch noch erklären würde.
„So, das war's!" Julia klappte ihre Schultasche wieder zu. Sie stand auf: „Gute Besserung!"
„Danke", murmelte Saby.
Zu Hause ist sie ganz anders als in der Schule, dachte sich Julia. Obwohl Saby manchmal zickig war, fand Julia sie irgendwie nett. Eigentlich schade, dass sie es sich in der Klasse selbst versaute! Sie könnte eine Freundin werden.
Die Mädchen standen auf und verließen das Wohnzimmer.
„Du gehst schon?", fragte Frau Wächter aus der Küche und trat in den Flur.
„Ja, es ist ein ganzes Stück bis nach Hause, und bevor sich Mum doch noch Sorgen macht ..."
„Es war sehr nett von dir, dass du Sabine die Hausaufgaben gebracht hast! Ich denke, am Montag kann sie wieder in die Schule gehen."
„Ute? Ute, wer ist da zu Besuch?", kam es laut aus einem der oberen Zimmer.
Saby zuckte zusammen und wurde kreidebleich.
„Es ist eine Klassenkameradin von Sabine! Sie hat ihr die Hausaufgaben für das Wochenende gebracht, Karl!", rief Frau Wächter zurück. „Das war Sabys Vater, ihm geht's heute auch nicht besonders gut."
Julia fühlte, wie sich Saby und ihre Mutter schämten und fragte sich, ob Saby zu Hause erzählt hatte, dass sie die Geschichte vor dem Ochsen mitbekommen hatte. Wahrscheinlich ist Saby

deshalb heute nicht in die Schule gekommen, dachte Julia. Wer wollte schon *so* der Klasse unter die Augen treten?
„Ich habe ihnen nichts erzählt", flüsterte Julia Saby beim Hinausgehen zu. „Tschüss, bis Montag! Hoffentlich bist du da wieder gesund!" Sie lächelte zum Abschied und gab beiden die Hand.
„Tschüss, bis Montag!" Zum ersten Mal lächelte Saby ein bisschen, ihr Gesicht zeigte eine große Erleichterung. „Auf Wiedersehen! Nochmals vielen Dank!"
Julia verließ den Garten und hörte, wie hinter ihr die Tür geschlossen wurde. Sie ging ein kleines Stück, blieb dann stehen und drehte sich um. Nebenbei hatte sie den Namen von Sabys Vater erfahren. Eine ganze Weile sah Julia auf das alte, graue Häuschen, als ob es ihr die Antwort auf die weitere Frage geben könnte, die sie seit gestern beschäftigte. Zwischen Sabys Vater und der Oberen Heide oder dem, was dort geschehen war, bestand eine Verbindung. Aber welche? Julia wusste, dass sie die Lösung nicht durch Grübeln finden konnte. Mindestens ein wichtiges Puzzleteil fehlte, und sie hatte keine Ahnung, wie sie dieses finden konnte. „Hoffentlich haben Tom oder Bruno eine Idee", murmelte sie und riss sich von dem Häuschen der Wächters los. Eines jedenfalls dämmerte ihr: Sabys sonderbares Verhalten in der Schule hatte seine Gründe. Eigentlich war sie gar keine Zicke. Das hatte Julia die Begegnung gerade eben gezeigt. „Bitte guck danach, dass Saby wieder fröhlich wird!", flüsterte sie im Gehen und blinzelte dabei in den blauen Himmel. Nur einen Moment später erschrak sie bis ins Mark: Um die nächste Straßenecke bog Pete. Er hielt kurz inne und starrte Julia wie ein Auto an. Rasch versuchte er, seine Verblüffung zu verbergen. Betont cool und gelassen ging er an Julia vorüber und tat so, als ob sie Luft wäre. Einzig seine roten Ohren verrieten, dass es ihm innerlich gerade sehr heiß geworden war.

Obwohl Julia den Schreck in ihren Gliedern spürte, musste sie schmunzeln. Immerhin hatte ihre Anwesenheit in der Gumpengasse den großen Rabauken aus Toms Klasse in Verlegenheit gebracht. „Dabei bin ich ja nur ein kleines Mädchen!“ Julia grinste und beschleunigte ihren Schritt. Das Grummeln im Bauch erinnerte sie daran, dass sie mächtig Kohldampf schob. Zu Hause angekommen konnte sie ein gewisses Gefühl des Triumphs nicht verbergen, war um mindestens fünf Zentimeter gewachsen, und ihr Gesicht glänzte wie ein polierter Kupferkessel.

Mama Dietz ahnte warum, aber Tom runzelte die Stirn. Am Mittagstisch meinte sie lächelnd über den Suppentopf hinweg: „Dir geht es wirklich sehr gut“.

„Ja!“ Julia nickte eifrig mit dicken Backen voller Weißbrot und grinste über beide Ohren.

„Gibt es einen Grund dafür?“

„Nö!“ Julia kicherte. Rasch wischte sie sich ein paar Tropfen Suppe ab, die ihr dabei aus dem Mund getropft waren. Ihr Gesicht glänzte noch ein wenig mehr.

„Einfach nur so fröhlich?“

„Einfach nur so fröhlich!“

Tom verzog während des Gesprächs die Mundwinkel. Er glaubte seiner Schwester kein Wort. „Die führt was im Schilde!“, murrte er leise.

„Hast du etwas gesagt?“, wandte sie Mama Dietz an ihn.

„Nein, nein!“ Verstohlen warf er Julia einen Blick zu und deutete ein Kopfnicken nach oben an. Zügig beendete er sein Mittagessen und wartete ungeduldig, bis die beiden anderen auch fertig waren. Dann verzog er sich rasch in sein Zimmer. Selbstverständlich ging er davon aus, dass Julia ihm sofort folgen würde. Zu seinem großen Ärger ließ sie sich absichtlich viel Zeit.

Mit reichlich Gelassenheit schlenderte Julia schließlich die Treppe hoch und steuerte ihr Zimmer an.
„Pssst!“, zischte Tom ärgerlich zwischen dem Türspalt hindurch.
Ein wenig gönnerhaft wandte sich Julia dem Zimmer ihres Bruders zu und trat ein.
„Sag mal, sind dir irgendwelche Leitungen durchgebrannt? Du stolzierst herum wie ein Pfau!“
„Bist du mit Pete weitergekommen?“, konterte sie mit einer Gegenfrage.
„Nee“, knirschte Tom, „bot sich keine rechte Gelegenheit!“
„Tja, da lief's bei *mir* anders!“ Julia wippte auf den Zehenspitzen.
„Gib bloß nicht so an, und erzähl lieber, was du rausgefunden hast!“ Tom störte es, wenn seine jüngere Schwester ihm einen Schritt voraus war.
„Nun, *ich* war bei den Wächters zu Hause, und *ich* habe herausgefunden, dass der Vater von Pete und Saby Karl heißt!“ Dass sie sich dabei vor Angst fast in die Hose gemacht hatte, verschwieg Julia lieber.
„Holla! Wie hast du das denn hinbekommen?“
„Saby war heute nicht in der Schule, und ich habe ihr die Hausaufgaben gebracht.“
„Hm.“
„Ich glaub, die war gar nicht richtig krank. Bestimmt hat sie sich wegen gestern geschämt und ist deshalb nicht zur Schule gegangen.“
„Pete war mir gegenüber auch ziemlich kleinlaut, hat mich total in Ruhe gelassen. Aber ich hab niemandem von der Geschichte beim Ochsen erzählt.“
„Ich auch nicht.“
„Wo wohnen die Wächters denn?“

„Drüben, auf der anderen Seite des Dorfs, in dieser alten Siedlung, wo ein Häuschen dem anderen gleicht. Allerdings sieht das von den Wächters am schäbigsten von allen aus."
„Ach."
Julia nickte. „Ich glaube, das hat ihrem Opa gehört."
„Warum?"
„Über der Eingangstüre hat jemand *Josef Wächter* ins Holz geritzt, zusammen mit der Jahreszahl 1938."
„Mehr als 70 Jahre sollen die Häuschen dort alt sein?" Tom schob seine Unterlippe vor. Er hatte die Gumpengasse schon öfter mit dem Fahrrad durchquert. Ihm war, trotz der Anbauten, ebenfalls die Ähnlichkeit der Häuser aufgefallen. Aber das hohe Alter verblüffte ihn nun doch. „Vielleicht kann uns Bruno etwas über die Siedlung berichten."
„Bestimmt! Er ist ja im Dorf aufgewachsen!"
„Dann fragen wir ihn!" Tom stand auf. Er wollte hinunter zum Telefon, da läutete es an der Haustür.
Die Geschwister waren auf der Treppe, als Mama Dietz bereits geöffnet hatte: „Hallo Bruno! Schön, dich zu sehen! Komm rein!" Sie ging zur Seite, damit Bruno eintreten konnte.
Er beugte sich leicht nach vorn, weil er sich nicht den Kopf am Türrahmen anstoßen wollte.
„Hi Bruno!", riefen Tom und Julia und freuten sich über seinen unerwarteten Besuch.
Nur einer fehlte beim Empfangskomitee: Sergeant Pepper.
„Wo ist er denn?" Tom stutzte. „Er ist doch sonst immer der Erste an der Tür?"
Mama Dietz nickte zum Garten: „Bei seinem Hobby."
„Mausen!" Die Geschwister und Bruno lachten.
„Ich dachte schon, er mag mich nicht mehr!"
„Kein Grund zur Sorge, Bruno! Kommt in die Küche!" Frau Dietz ging voraus.

Bruno hatte schon so etwas wie einen Stammplatz auf der Eckbank, wenn er die Familie Dietz besuchte. Das kam nach dem Abenteuer im letzten Jahr ziemlich häufig vor, und alle wunderten sich, wenn er sich mal eine Woche lang nicht blicken ließ. Das Holz knarrte, als er auf seinen Lieblingsplatz rutschte. Die Geschwister machten es sich ebenfalls am Tisch bequem, und als Mama Dietz Getränke hingestellt hatte, setzte sie sich mit dazu.
„Na, wie geht's?", fragte Bruno mit einem Augenzwinkern. „Dachte, ich komm mal rüber und frag, wie ihr den gestrigen Nachmittag verdaut habt."
„Och, ganz gut, obwohl mich die Geschichte mit Pete und Saby immer noch beschäftigt", antwortete Julia.
Tom nickte zustimmend.
„Heckt ihr schon wieder ein neues Abenteuer aus?", fragte Frau Dietz neugierig.
„Wir haben dir und Paps doch von der Marke erzählt, die Sergeant Pepper auf der Oberen Heide gefunden hat", begann Tom.
„Ja, die militärische Erkennungsmarke."
„Wir fragen uns, ob diese Marke etwas mit dem alten Bauhof zu tun hat."
„Deshalb wollten wir uns gestern über ihn auf dem Rathaus erkundigen", setzte Bruno fort, während er sein Glas füllte.
„Aber niemand mag uns über die Vergangenheit des alten Bauhofs Auskunft geben! Seltsam, nicht?" Julia blickte ihre Mutter mit großen Augen an.
Mama Dietz wusste bis jetzt noch nicht, was an dieser Fragestellung so abenteuerlich sein sollte: „Bruno, du bist ein Obersteinhausener! Erzähl mal, was du über den alten Bauhof so weißt!"

„Das ist es ja gerade! Ich weiß nix! Nur, dass der alte Bauhof eben der alte Bauhof ist. Dabei standen dort schon vor meiner Geburt die ganzen Hütten und so. Erst in den 1950er Jahren hat man dann den Bauhof draus gemacht.
„Das ist wirklich etwas seltsam."
„Ihr könnt mir glauben, ich habe mir darüber in den letzten Tagen das Hirn zermartert. Auch über den Namen Karl." Er zuckte mit den Schultern. „Da kommt auch nix! Außerdem ärgere ich mich über meine lieben Obersteinhausener, die sich lieber auf die Zunge beißen, als über die Obere Heide ein Wort zu verlieren! Was die Marke betrifft: Ich rechne frühestens zur Weihnachtszeit mit einer Antwort aus Berlin."
„Berlin?"
„Da gibt es eine Stelle, die sich mit Soldatenschicksalen aus dem Zweiten Weltkrieg beschäftigt, Erika. Ich habe die aufgeprägten Daten von der Marke abgeschrieben und hingeschickt." Brunos Stimme klang düster.
„Ist was mit dir?"
„Nein, nein, schon in Ordnung. Ich musste nur an die Marke denken."
„Was ist damit?"
„Ein anderes Mal, Julia. Erzähl lieber von gestern weiter."
„Na ja, wir haben Pete und Saby, die beiden Neuen von der Schule getroffen und gesehen, wie sie ihren betrunkenen Vater vom Ochsen abgeholt haben. Mann, hat der rumgebrüllt! Ich bin wieder da!, hat er geschrien. Alle Fenster sind aufgegangen! Ochsenwirt Kächele hat zugegeben, dass der Karl etwas mit der Geschichte der Oberen Heide zu tun haben soll und ..."
„Ihr seid im Ochsen gewesen?", unterbrach Frau Dietz ihre Tochter leicht empört. „Was haben denn Kinder allein in einer Gastwirtschaft verloren?"

„Sie waren mit mir dort", beschwichtigte Bruno, „und auch nur deshalb, weil wir hofften, Bauhofleiter Meißel würde uns etwas über die Obere Heide erzählen. Ich hab ihn eingeladen, aber mehr als die übliche Geheimniskrämerei war aus ihm nicht rauszuholen.

Frau Dietz lehnte sich zurück. Die Geschichte nahm tatsächlich abenteuerliche Züge an.

„Jedenfalls habe ich heute Saby die Hausaufgaben in die Gumpengasse gebracht und ..."

„In die Gumpengasse?", platzte nun Bruno dazwischen. „Hab ich da eben richtig gehört?"

„Warum bist du darüber so verblüfft?", schaltete sich Tom ins Gespräch ein.

„Der Ortsteil wurde im Dritten Reich vom Reichsarbeitsdienst als billiger Wohnraum mit der Möglichkeit zur Selbstversorgung angelegt."

„Drittes Reich? Reichsarbeitsdienst? Selbstversorgung?" Julia runzelte verwirrt die Stirn.

„Als Drittes Reich wird doch die Zeit bezeichnet, in der Adolf Hitler Deutschland regierte."

„Richtig, Tom", nickte Bruno, „und die direkt in den Zweiten Weltkrieg führte."

Unweigerlich dachten alle in der Wohnküche an die Erkennungsmarke des unbekannten Soldaten.

„Der Reichsarbeitsdienst war eine Beschäftigungsmaßnahme, die Hitlers Regierung aufgelegt hatte, um die vielen arbeitslosen Männer von der Straße zu kriegen. So wurde auch die Siedlung in der Gumpengasse billig gebaut. Auf diese Weise konnten einfachere Leute zu einem bezahlbaren Eigenheim kommen."

„Und die Selbstversorgung?"

„Wie du heute selbst gesehen hast, Julia, besitzen alle Häuschen einen sehr großen Garten. Damals sollte er zum Anbau von

Lebensmitteln dienen. Im Grunde eine Vorbereitung für den Krieg", antwortete Bruno finster.
„Stimmt, die Gärten sind riesig!"
„Tja, wenn jeder selbst sein Essen anbauen kann, dann gibt es weniger Not und Hunger in Kriegszeiten. Und wenn die Männer gut ernährt sind, dann können sie gute Soldaten sein. So war die eiskalte Überlegung von Hitler. Natürlich haben zuerst die Privilegierten ein Häuschen erwerben können."
„Bruno, was sind schon wieder Privilegierte?" Tom dachte intensiv mit.
„Das sind Leute, die im Allgemeinen bevorzugt und besser gestellt sind. Zu Zeiten von Adolf Hitler waren das solche, die gemeinsame Sache mit ihm und seinen üblen Anhängern gemacht haben. Das hat ihnen Vorteile verschafft!" Bruno klang noch ein bisschen finsterer. „Irgendwelche Aufseher, Kontrolleure, Schläger."
„Schläger?", riefen die Geschwister gleichzeitig.
Bruno nickte. „War 'ne schlimme Zeit damals. Wer da aufmuckte, bekam mächtigen Ärger. Ratzfatz wurdest du ins Gefängnis oder ins Lager geworfen. Es reichte schon, 'ne andere Meinung als Hitler und seine Partei zu haben. Dann kamen die gehorsamen Anhänger, schlugen dich zusammen und holten dich ab! Viele sind damals auf Nimmerwiedersehen verschwunden."
Eine bedrückende Pause entstand.
„Die gehorsamsten Anhänger bekamen als erste ihre Häuschen?"
Bruno sah Tom an: „Jepp."
„Ob Josef Wächter auch so einer war?"
„Welcher Josef Wächter?" Bruno zog die Augenbrauen hoch.
Julia erzählte, wie sie den Namen entdeckt hatte.
„So, so. Im Türsturz, also."
„Was denkst du darüber, Bruno?"

„Ich weiß nicht, Tom. Damals haben viele ein günstiges Häuschen erstanden."
„Aber es sieht so heruntergekommen aus. Total vernachlässigt. Kein schöner Platz zum Wohnen!", ergänzte Julia.
„Außerdem machten der Ochsenwirt und die Dörfler keinen erfreuten Eindruck, als Karl Wächter auftauchte. Es war, als ob mit ihm eine schlimme Erinnerung plötzlich wieder wach geworden sei", folgerte Tom. „Niemand schien auf die Ankunft der Wächters vorbereitet gewesen zu sein. Die Obersteinhausener sind kalt erwischt worden! Denkt nur daran, wie sich Meißel und Kächele gewunden haben!"
„Auch der Bürgermeister!", brummte Bruno. „Was wollt ihr damit sagen?"
„Ich glaube, dass nicht einmal die Wächters mit einer Rückkehr ins Dorf gerechnet haben! Wahrscheinlich wäre das Häuschen in den nächsten Jahren einfach zerfallen", antwortete Julia mit großer Überzeugung.
Frau Dietz sah ihre Tochter an. Für sie war Julia immer noch das kleine Mädchen, doch diese Schlussfolgerung wollte so gar nicht zu dem Bild passen.
„Du meinst, die sind unfreiwillig nach Obersteinhausen zurückgekommen?" Tom kratzte sich die Nase.
„Ja."
„Aber warum?"
„Ich weiß nicht, aber freiwillig würde ich nie in so eine Bruchbude ziehen. Dafür muss es Gründe geben!"
Bruno fuhr sich durch den Bart und leerte sein Glas. „Kann gut sein, dass Julia Recht hat, und die Wächters wirklich ungeplant angekommen sind. Zudem finde ich es sehr seltsam, dass unser Interesse an der Oberen Heide genau mit ihrem Auftauchen zusammenfällt, oder nicht?" Er erntete Zustimmung. „Was soll das bedeuten?"

„Glaubst du, dass Gott hinter diesem ungewöhnlichen Zufall steckt?", fragte Tom.
„Es gibt keine Zufälle." Bruno schüttelte den Kopf. „Wenn Gott eingreift, dann will er etwas in Ordnung bringen. Denkt nur an letztes Jahr! Wenn er euch und mich nicht zusammengebracht hätte, würde ich wohl noch immer traurig in meiner Hütte im Steinbruch sitzen. Nee, nee, da sind mir in der letzten Zeit zu viele *Zufälle* geschehen!"
„Stimmt! Die Marke haben wir ganz vergessen!", rief Julia.
„Und die Siedlung in der Gumpengasse! So vieles deutet auf die Zeit von Adolf Hitler hin!", ergänzte Tom.
„Vielleicht bringt uns ja die Marke noch ein Stückchen weiter?"
„Große Hoffnung mache ich mir da nicht, Julia. Das Einzige, was uns die Stelle in Berlin sagen wird, ist, ob der Besitzer der Marke vermisst wird oder den Krieg überlebt hat. Aber wir werden von der Behörde keinen Namen bekommen."
„Warum nicht?"
„Weil es ein Gesetz gibt, das Menschen vor der ungewollten Veröffentlichung ihrer persönlichen Daten schützt. Insbesondere der Träger unserer Erkennungsmarke wird darauf bestimmt großen Wert gelegt haben."
„Hm." Julia nippte an ihrem Glas. „Vielleicht war das bloße Auffinden der Marke schon der Hinweis, der zusammen mit den anderen zeigt, dass wir auf der richtigen Fährte sind. Alle Spuren führen wirklich zurück in die Zeit des Krieges."
„Schön, dann brauchen wir ja nur noch herausfinden, was die Entdeckung der Marke mit Pete, Saby und der Oberen Heide zu tun hat", sagte Tom in einem Ton, als ob das alles ein Kinderspiel wäre.
Bruno verstand die Ironie darin und brummte: „Arg viel weiter gekommen sind wir bis jetzt noch nicht, was?"

„Jepp, um es mal mit deinem Wort zu sagen!“ Tom hatte ihre Ratlosigkeit auf den Punkt gebracht.

Eine unheimliche Truhe

Das Schuljahr hatte mächtig Fahrt aufgenommen. Klassenarbeiten wurden geschrieben, Schüler wie Lehrer jammerten über die Fülle des Unterrichtsstoffes.
Petes Kapriolen im Klassenzimmer waren nur wenig zurückgegangen, aber Tom fiel auf, dass er dabei so gut wie immer in Ruhe gelassen wurde. Irgendwie näherte er sich Pete sogar an. Auch umgekehrt schien Petes Interesse an Tom zu wachsen. Tom führte das auf eine Art Dankbarkeit zurück. Pete rechnete es ihm hoch an, dass er ihn wegen der Geschichte beim Ochsen vor der Klasse nicht durch den Kakao gezogen hatte. Offensichtlich staunte Pete über Toms Haltung, denn er rechnete ständig mit boshaften Antworten auf sein eigenes Verhalten. Tom war anders. Er verdrehte nicht die Augen, wenn Pete mal wieder etwas angestellt hatte, und er lachte ihn auch nicht aus, wenn er die üblichen Strafarbeiten aufgebrummt bekam.
All dies führte zu gegenseitigen Freundlichkeiten, dem einen oder anderen Gespräch und der Tatsache, dass Pete sich getraute, Tom zu fragen, wenn er etwas nicht verstanden hatte oder ihm etwas fehlte. Anfänglich rümpften die anderen Klassenkameraden ihre Nasen über diese Annäherung, doch als sie merkten, dass Pete dadurch mit der Zeit umgänglicher wurde, hielten sie sich mit spitzen Bemerkungen gegenüber Tom zurück. In einem gewissen Maß begannen sie sogar, Pete in die Klassengemeinschaft aufzunehmen.
Ähnliches erlebte Julia mit Saby. Auch deren Gezicke wurde deutlich weniger, als sie begonnen hatte, Julia zu vertrauen. Sie bastelte ein Versöhnungsgeschenk für Franzi: eine hübsche, kleine Schachtel für die Muschelkette und bat Franzi, als sie diese überreichte, nochmals um Verzeihung für ihren Diebstahl. Ebenso versuchte Saby, nicht mehr bei jeder möglichen

Ungerechtigkeit ihr gegenüber gleich loszuheulen, was ihr im Laufe des Herbstes eine gewisse Annahme in der Klasse einbrachte. Immer öfter setzte sie sich im Bus neben Julia, für die Sabys Gegenwart weit mehr als bloßes Dulden geworden war. Als die ersten Fröste übers Land zogen, war eine kleine Freundschaft zwischen den Geschwistern und den Wächters-Kindern gewachsen, und ihre Beziehung vertiefte sich weiter.

An einem kalten Nachmittag Anfang Dezember machten sich Tom, Julia und Sergeant Pepper auf, um sich mit Pete und Saby zu einer kleinen Wanderung entlang des Steinbachs zu treffen. Sie wollten sehen, was der Bach so im Laufe des Jahres mitgebracht hatte. Vielleicht konnten sie ja was Brauchbares finden? Warm eingepackt schwangen sie sich auf ihre Räder; der Sergeant durfte, wie üblich, nebenher laufen. In der Dorfmitte stießen sie auf Pete und Saby, gemeinsam radelten sie in die Richtung des Steinbachs und kamen zum letzten Haus vor dem Ortsende. Das war eine große Scheune, fast schon eine im Fachwerkstil gebaute Lagerhalle. Ein wohlbekannter, orangefarbener Transporter stand davor.

„Wenn das nicht Hubse ist!“ Tom hielt vor dem Scheunentor an.

„Hubse?“, fragte Saby.

„Irgendwie ein Kumpel von uns. Er arbeitet bei der Gemeinde. Letztes Jahr haben wir mit ihm richtig spannende Dinge erlebt! Ein bisschen tollpatschig ist er, aber genau deswegen mögen wir ihn!“ Mehr Zeit für Erklärungen blieb Julia nicht, denn Tom, Pete und Sergeant Pepper waren bereits im Innern der Scheune verschwunden.

„Dürfen wir da überhaupt rein?“

„Bestimmt nicht! Aber Hubse ist ja da! Der kann uns ohnehin so gut wie nichts abschlagen. Außerdem freut er sich immer, wenn er uns sieht. Komm schon!“ Julia schob Saby durch das Tor.

„Wow!“ Sie staunten, als sie die Scheune von innen sahen. Auch die Jungs waren kurz nach dem Tor ehrfürchtig stehengeblieben und ließen mit großen Augen den Anblick auf sich wirken. Einzig Sergeant Pepper fiepte ungeduldig. Er hatte schon längst Hubse gewittert und brannte darauf, ihn endlich begrüßen zu dürfen.

„Mann, was'n das hier?“ Pete pfiff durch die Lippen. „Guckt euch diesen ganzen Plunder an! Den haben sie wohl vergessen, wegzuwerfen!“

„Trotzdem herrscht irgendwie Ordnung. Hier wurde versucht, Dinge, die zusammengehören, auch gemeinsam zu lagern. Schaut mal, dort drüben sind alte Feuerspritzen und eine Drehleiter aus Holz und hier landwirtschaftliche Maschinen.“ Tom zeigte mit dem Finger auf einen verrosteten Balkenmäher, der inmitten von anderen Geräten zur Bodenbearbeitung stand.

„Ist dahinten nicht eine Postkutsche?“, rief Julia und machte sich sofort auf den Weg zu ihr.

„Warte lieber mal! Es ist vielleicht besser, zuerst Hubse zu fragen, ob wir uns hier ein bisschen umsehen dürfen.“

„Dann ruf ich ihn mal!“ Julia legte die Hände an den Mund und holte tief Luft. Doch gerade in dem Moment, als sie rufen wollte, gab es ein lautes Rumpeln und Klirren in der Scheune. Die Kinder erschraken und der Sergeant verkrümelte sich hinter Tom. Ängstlich schaute er zwischen dessen Beinen hervor. Weiter hinten brüllte eine bekannte Stimme: „Mist! Mist! Riesen-Mist!“ Hinterher kam ein klägliches „Aua!“

„Los!“, befahl Tom und rannte in die Richtung, aus welcher der Lärm gekommen war. Sergeant Pepper spurtete voraus. Seine Nase schnüffelte am Boden entlang. Fast am Ende der Scheune bog er links in einen Gang. Dieser war entstanden, als zwischen

zwei Stapeln, die wahrscheinlich die Einrichtung eines Klassenzimmers enthielten, Platz gelassen worden war.
Die Kinder folgten dem Sergeant. Sie fanden ihn kläffend vor einem Berg übereinander geworfener Schulmöbel. Hinter ihnen war Hubses murrende Stimme zu hören.
„Hubse, alles klar?“, rief Tom.
„Ach, Tom, du bist’s“, stöhnte der Bauhofmitarbeiter. „Das gibt ’ne fette Beule! Aber sonst: Alles klar!“
„Kommst du da raus?“, fragte Julia.
„Muss mich durchwühlen. Hinter mir ist Schluss.“
„Warte, wir helfen dir! Packt mal mit an!“, forderte Tom die anderen auf.
„Seid aber vorsichtig, damit nicht noch mehr nachrutscht!“, warnte Hubse hinter dem Haufen hervor.
Gemeinsam räumten die Kinder behutsam den Gang frei und wurden dabei tatkräftig von Hubert Grün mit Worten unterstützt.
„Danke!“, grinste ein etwas lädierter Hubse, als er schließlich vor ihnen stand.
„Meine Güte, hier drin ist’s ja lebensgefährlich!“ Julia musterte die Scheune nun mit anderen Augen.
„Och, halb so wild. Man muss nur vorsichtig sein!“
„So wie du, oder?“
Hubse lief bei Toms Worten rot an. Er wechselte rasch das Thema: „Ihr habt Freunde dabei?“
„Ja, das sind Saby und Pete Wächter!“, stellte Julia die beiden vor.
„Hallo!“, grüßten sie freundlich.
„Nennt mich einfach Hubse!“ Er streckte ihnen die Hand hin und schüttelte nacheinander die von Saby und Pete. „Grüß dich, Sergeant!“

Nun endlich erhielt auch der Schnauzer die längst überfällige Zuwendung. Fast wirkte er ein bisschen beleidigt, weil er solang darauf hatte warten müssen.
„Was machst du hier?", wollte Tom wissen.
„Bauhofleiter Meißel war der Meinung, dass hier mal wieder richtig Ordnung geschafft werden soll! Also bin ich gerade am Aufräumen und Sortieren."
Julia blickte während Hubses Erklärung etwas mitleidig auf den neu entstandenen Haufen Unordnung: „Da wirst du ja nie fertig!", bedauerte sie ihn.
„Pah, nicht so schlimm. Ist eine ganz angenehme Arbeit in der kalten und feuchten Jahreszeit."
„Was ist das überhaupt alles?", schaltete sich Pete ein. „Wozu wird dieses alte Gerümpel aufgehoben?"
„He, das ist kein Gerümpel, auch wenn manches danach aussieht! Das sind die kulturellen Schätze Obersteinhausens!"
„Ein paar wurmstichige, alte Schulbänke sollen kulturelle Schätze sein?" Tom runzelte die Stirn.
„Natürlich, natürlich!" Hubse nickte gewichtig. „Bis unser Dorf endlich sein Heimatmuseum hat, werden die Ausstellungsstücke hier gelagert. Im Freien kann man sie doch nicht stehen lassen, oder?"
„Heimatmuseum?", riefen die vier Freunde; danach trat beeindrucktes Schweigen ein. Das neue Museum musste *riesig* werden.
Hubse erriet ihren Gedanken: „Es kommen logischerweise nur die besten und bedeutsamsten Teile hinein. Aber zunächst wird alles gesammelt, was interessant sein könnte. Im Laufe der Zeit häuft sich einiges an, und ich sortiere dann die Gegenstände, so gut ich kann, den unterschiedlichen Themenbereichen zu. Hier befinden wir uns gerade in der Abteilung *Dorfschule Ober-*

steinhausen!“ Hubse hatte einen Ton angeschlagen, als ob er der Verwalter des Landesmuseums wäre.

Tom sah sich um: „So wie es hier aussieht, könntest du ein wenig Hilfe gebrauchen.“

„Wäre schon nicht schlecht, aber der Meißel meint, ich soll das alleine machen.“

„Dann helfen wir dir eben! Ob wir nun am Bach herumstöbern oder hier die *Schätze Obersteinhausens* sortieren, kommt doch fast aufs Selbe raus!“, rief Julia begeistert und erntete von den Freunden heftige Zustimmung. Die Scheune war ein großartig-geheimnisvoller Abenteuerspielplatz.

„Nee, nee, nee, das geht auf gar keinen Fall! Stellt euch nur mal vor, wenn einem von euch was zustößt! Dann bin ich meinen Job los, das könnt ihr mir glauben!“

„Och, Hubse ...“

„Julia, guck mich bitte nicht so an! Heute bleib ich hart!“

„Meißel wird bestimmt stolz auf dich sein, wenn du bis zum Feierabend noch ein gutes Stück vorankommst.“ Tom versuchte es auf eine andere Tour. Hubses Gesicht zeigte ihm, dass er den richtigen Nerv getroffen hatte. Er setzte fort: „Bestimmt wird er deine Tüchtigkeit loben! Was der Grün anpackt, das hat Hand und Fuß, wird er sagen und dir auf die Schulter klopfen!“

„Na ja, mal ein paar Punkte bei Herrn Meißel sammeln, wäre wirklich nicht schlecht!“ Hubse spielte mit seiner Unterlippe.

„In einer Stunde ist ohnehin Feierabend! Wenn wir alle anpacken, dann geht bis dahin noch einiges!“ Julia war auf Toms Zug aufgesprungen und schmierte Hubse weiteren Honig um den Mund. „Sergeant Pepper könnte in den Gängen patrouillieren, um ein paar lästige Mäuse zu erschrecken! Wir wissen doch, wie wenig du die Viecher magst!“, fügte sie augenzwinkernd hinzu.

„Unterstützung könnt ich wohl gebrauchen ... Aber ihr müsst wirklich aufpassen!“ Hubse gab nach. Zu verlockend war die Aussicht auf ein Lob vom Chef. „Vorne am Tor liegen die neuen Sachen. Ich begutachte sie und schicke euch mit ihnen dann zu den Stellen in der Scheune, wo sie hingehören könnten. Kommt mit!“ Er ging voraus.

Tom und Julia warfen Saby und Pete grinsend triumphierende Blicke zu, welche die beiden mit hoch erhobenen Daumen freudig quittierten. Alle vier waren extrem neugierig darauf, was es in der Scheune zu entdecken gab. Sergeant Pepper hatte übrigens schon längst seine Aufgabe mit Eifer begonnen und stöberte schnüffelnd durch die Gänge, auch ohne ausdrücklichen Befehl.

Mit Begeisterung gingen die Kinder Hubse zur Hand. Er kam kaum damit nach, die Gegenstände und Werkzeuge zu bestimmen, so rasch waren sie wieder da und forderten Nachschub. Manchmal war es wirklich nicht einfach, wie zum Beispiel bei dem kleinen Eimerchen aus Messing. Gehörte das nun zur alten Apotheke oder war es nur ein Blumentopf? Es konnte ja auch ein Teil der Feuerwehrausrüstung sein, denn dort spielte Messing früher eine wichtige Rolle, weil es nicht rostete und viel härter war als Zinn. Hubse entschied sich schließlich für den Blumentopf, hatte aber ein komisches Gefühl dabei.

Kurz vor Feierabend, die Kinder waren gerade alle mit Sortiergängen beschäftigt, ging plötzlich das große Holztor der Scheune auf, und Bauhofleiter Fritz Meißel trat herein. Hubert erstarrte und glotzte ihn mit offenem Mund an.

Meißel runzelte die Stirn: „Hubse, alles klar mit dir?“

„Oh, Fritz! Bauhofleiter Fritz Meißel! Du bist hier!“, sagte er übertrieben laut, es grenzte schon an Rufen. Dabei wich die Farbe mehr und mehr aus seinem Gesicht. Hubse schnappte nach Luft.

„Natürlich bin ich Fritz Meißel, der Bauhofleiter, aber das weißt du doch!“ Der kleine, kugelrunde Mann ging auf Hubse zu. In seinen Augen benahm sich der Grün sehr merkwürdig. „Wie klappt das Sortieren und Aufräumen?“
„Oh, bestens, bestens! Bin bald fertig, wie du ja sehen kannst.“ Hubse deutete auf den deutlich kleiner gewordenen Haufen.
„Ja, ja, ich sehe schon“ Meißel nickte, nicht ohne Anerkennung, „aber gerade das verblüfft mich ein bisschen. Wie hast du das in so kurzer Zeit hinbekommen?“
Hubse schluckte und rang nach den passenden Worten. Just in dieser peinlichen Pause schnüffelte Sergeant Pepper ums Eck. Er nahm nicht die geringste Notiz von den beiden.
„Was ist das?“ Meißel deutete auf den Sergeant.
„Ein Hund?“, fragte Hubert verunsichert zurück.
„Trottel, dass das ein Hund ist, sehe ich selbst! Wie kommt der hier rein?“
„Der ... Der muss wohl durchs Tor gewitscht sein“, stammelte Hubse und fühlte sich wie eine Glühbirne.
Meißel blieb misstrauisch und begann, sich in der Scheune genauer umzusehen.
Hubse folgte ihm. Er gab sich große Mühe, seine Nervosität zu verbergen. Hoffentlich haben sich die Kinder gut verkrümelt, dachte er ängstlich. Wenn er gesehen hätte, wie schnell Tom und Julia auf die Ankunft von Herrn Meißel reagiert hatten, wäre er nicht so sehr ins Schwitzen geraten: „Rasch, versteckt euch!“, hatten sie Pete und Saby zugeraunt. Geschmeidig wie Katzen waren die Mädchen in die Postkutsche gekrochen, während sich Pete in einem leeren Fass versenkt und Tom hinter einer großen, hölzernen Truhe Schutz gefunden hatte. Mucksmäuschenstill harrten die Kinder in ihren Verstecken aus.
Tom hörte, wie sich Meißel und Hubse in anderer Richtung entfernten. Erleichtert atmete er auf und entdeckte dabei, dass

die Verschläge der Truhe offen waren: „Ob ich mal einen Blick hineinwerfe?“, flüsterte er zu sich selbst. Neugierig strich er mit der flachen Hand über den Deckel. „Sie ist unverschlossen, also ist’s nicht verboten!“ Er griff mit seinen Fingern unter den Rand und hob den Deckel sachte an: „Hui, ganz schön schwer!“ Es gab ein leises Knarren, als Tom die Truhe öffnete. Modriger Geruch nach altem Stoff entwich aus ihrem Innern. Es war derselbe Geruch wie überall in der Scheune, nur viel stärker. Das Erste, was Tom ins Auge fiel, war ein angerosteter, grauer Stahlhelm. „Oi!“ Vorsichtig nahm ihn Tom aus der Truhe und betrachtete ihn genauer. Das Innenfutter war ziemlich verrottet und musste wohl aus Leder gewesen sein. Außen entdeckte Tom auf der linken Seite ein rotes Wappen in der Form eines Schildes, das in der Mitte ein Hakenkreuz auf weißem Grund zeigte. Unwillkürlich wurde ihm kalt. Am liebsten hätte Tom den Helm sofort in die Truhe zurückgelegt, da fiel ihm auf, dass dieser auch noch auf der rechten Seite ein Wappen in gleicher Form besaß. Tom konnte nicht anders, er musste dieses Wappen unter die Lupe nehmen: Es war in weißer Farbe und hatte in der Mitte, nebeneinander, zwei schwarze Zeichen, die wie Blitze aussahen, aber ohne Pfeilspitzen. „Seltsam, was ist das?“, fragte er sich, sein unheimliches Gefühl wurde größer. Vorsichtig setzte er den Helm auf den Boden und wandte sich den anderen Inhalten der Truhe zu: Obenauf lag eine graue Uniformjacke. Auch sie wies am rechten Kragen die sonderbaren Zeichen auf. Tom hob die Jacke an und erkannte darunter eine schmutzige, blau-weiß gestreifte Jacke. Er wusste sofort, dass es sich dabei um Sträflingskleidung handelte. Das reichte! Tom hatte genug. Rasch packte er den Helm zurück in die Truhe und machte deren Deckel wieder zu. Er fühlte sich elend, konnte sich aber darauf keinen rechten Reim machen. Längst hatte er Hubse und Meißel vergessen, zu sehr beschäftigte ihn der

Inhalt der Holztruhe. Ihm fuhr der Schreck in die Glieder als er plötzlich, nur wenige Schritte entfernt, die Stimmen der beiden vernahm.
„Also Hubse, ich glaub, du verheimlichst mir was! Putz dir den Schweiß von der Stirn!“, knurrte der Bauhofleiter und warf einen scharfen Blick in den Gang, wo Tom zitternd hinter der Truhe kauerte. „Was ist da drin?“ Mürrisch zeigte er auf die Truhe.
„Keine Ahnung“, antwortete Hubse wahrheitsgemäß, „die steht da schon immer! Hab noch nie hineingeguckt.“
„Wie willst du die Sachen richtig sortieren, wenn du nicht weißt, was es alles in der Scheune gibt?“
Hubse schluckte bei dem Vorwurf seines Chefs, hielt es aber für besser, den Mund zu halten.

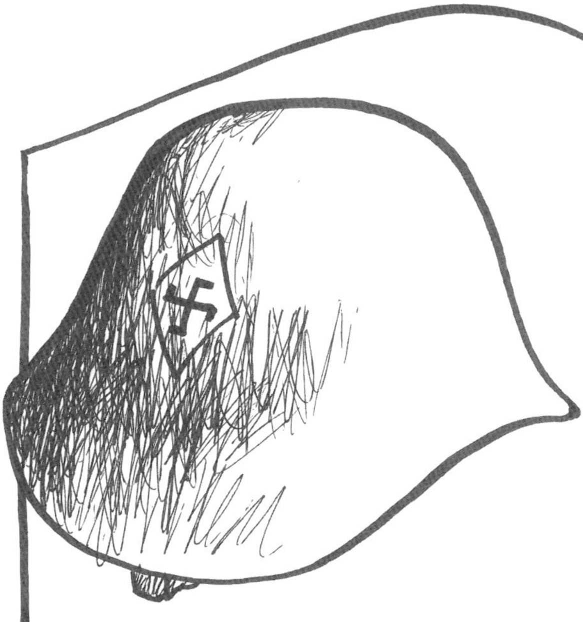

„Wenn man nicht alles selber macht!“, stöhnte Meißel und ging auf die Truhe zu.
Tom blieb das Herz stehen, als er den Bauhofleiter näher kommen hörte. Das Vier-Uhr-Läuten der Kirchturmuhr drang plötzlich in die Scheune. Wie vom Schlag gerührt blieb Fritz Meißel kurz vor der Truhe stehen. Feierabend.
„Na, morgen ist auch noch ein Tag!“ Er machte kehrt und klopfte Hubse freundschaftlich auf die Schulter: „Trotzdem, gute Arbeit! Los, nach Hause jetzt!“ Seine schlechte, misstrauische Laune war wie weggeblasen.
Hubse kannte diese Eigenart seines Chefs: „Alles klar, Fritz!“, atmete er erleichtert durch und folgte ihm zum Tor. „Ich mach hier noch schnell dicht und tu dann auch den Riemen runter.“
„Schon recht. Schönen Feierabend!“ Meißel hatte es plötzlich eilig, wegzukommen. Schwuppdiwupp war Hubse wieder mit den Kindern und Sergeant Pepper alleine.
„Das war knapp!“, stöhnte er und fand endlich die Ruhe, um sich die Stirn abzuwischen. „Ihr könnt raus kommen! Er ist fort!“, rief er laut und ließ sich auf ein altes Sofa fallen, das unter ihm bedrohlich ächzte und dabei eine riesige Staubwolke ausstieß.
Die Kinder kamen aus ihren Verstecken.
„Mann, das war cool!“ Pete grinste als er aus dem Fass stieg. „Mit euch erlebt man was!“, lachte er aufgeregt.
Tom war nicht besonders zum Lachen aufgelegt. Ihm schlotterten die Knie und der Inhalt der Truhe beschäftigte ihn.
„Alles klar bei dir?“, fragte Julia.
„So lala.“
„He, Mann, sie haben uns nicht erwischt! Wir sind die Kings!“
„Ja, ja, ist schon gut, Pete“ Tom winkte ab.
Julia kannte ihren Bruder. Hinter seiner Stimmung steckte mehr als das überraschende Auftauchen des Bauhofleiters: „Was ist?“

Tom deutete auf die Truhe.
Julia sah zu ihr hinüber. Sie beschlich ein eigenartiges Gefühl.
„Ist da was Ekliges drin? Eine tote Maus vielleicht?"
Er schüttelte den Kopf: „Ein Helm und alte Kleidung."
„Was soll daran schlimm sein?" Saby näherte sich der Truhe und klappte den Deckel auf. Julia und Pete kamen dazu, gemeinsam blickten sie hinein.
„Ganz unten liegt ein Kittel, der sieht aus wie eine Gefängnisjacke", meldete sich Tom aus dem Hintergrund.
Der intensive, muffige Geruch hielt die drei vom Stöbern in der Truhe ab. Den Helm betrachteten sie allerdings mit großem Interesse, auch wenn ihn keiner anfassen mochte.
„Der stammt bestimmt aus dem Zweiten Weltkrieg!", mutmaßte Pete. Er wusste nicht, dass er damit bei Tom und Julia etwas auslöste, worüber beide im Moment nicht sprechen mochten.
„Schließen wir die Truhe und gehen zu Hubse", entschied Julia und wandte sich um.
„Jetzt bist du auf einmal genauso komisch drauf wie dein Bruder!" Pete runzelte die Stirn und nahm die Truhe nun doch näher in Augenschein. Plötzlich entfuhr ihm ein unterdrückter Schrei. Übermäßig schnell und laut klappte er den Deckel zu.
„Ist was passiert?" Saby ging auf ihn zu.
„Nee, nee. Alles okay. Hab mich nur an einem Nagel geritzt!" Rasch steckte er sich einen Finger in den Mund und schob Saby von der Truhe fort. „Gehen wir."
Julia wechselte mit Tom einen Blick, der so viel sagte wie: Pete hat sich niemals in den Finger gestochen!
Tom verstand, ging aber nicht darauf ein, weil er sah, wie sich Pete veränderte und plötzlich grob wurde. Unsanft gab er Saby einen Knuff.
„Spinnst du?", protestierte sie und erhielt dafür gleich noch einen weiteren.

„He, keine Streitereien!“, mischte sich Tom ein und erntete dafür von Pete einen Blick, in dem Zorn und Schmerz zugleich lagen. Bestimmt gibt’s jetzt gleich eins aufs Dach, durchfuhr es Tom. Er richtete sich auf Verteidigung ein.
Aber Pete trat heftig gegen einen herumstehenden Blecheimer, der danach laut klappernd den Gang entlang kullerte.
Erschrocken fuhr Hubse vom Sofa auf: „Himmel, hat sich jemand weh getan?“
„Nein, war nur ein Eimer! Wir sind gleich bei dir!“ Julia warf Pete einen Blick zu, der sich gewaschen hatte: „Reiß dich zusammen! Wir sind hier nicht zu Hause!“, raunte sie wütend und musste danach gleich ihre Beine in die Hand nehmen, weil Pete auf sie zustürmte. Julia hielt erst an, als sie keuchend neben Hubse stand.
„Hast du ein Gespenst gesehen?“
„So was Ähnliches.“
Die anderen trafen ein. Hubse bemerkte die dicke Luft: „Ärger gehabt?“
Tom zuckte mit den Schultern, während Pete wortlos die Scheune verließ.
„Was war das denn?“, machte sich Julia Luft und schaute fragend zu Saby.
„Ich ... Ich weiß nicht.“ Sie wirkte ängstlich und verunsichert. Eine unangenehme Pause entstand, die Hubse schließlich durchbrach: „Ich hab jedenfalls Feierabend und möchte nach Hause. Raus jetzt!“
„Das wird das Beste sein! Sergeant Pepper, die Party ist zu Ende! Komm, sonst sperrt dich Hubse noch ein!“
Wie ein Blitz schoss der Sergeant durch die Scheune. Mausen war schön und gut, aber deswegen eingeschlossen werden, wollte er nicht.

Tom überraschte es, wie prompt Sergeant Pepper seiner Aufforderung folgte, durch das Tor nach draußen witschte und die Freunde dort hechelnd erwartete.
„Petes Rad ist weg. Meinst du, er ist nach Hause gefahren, Saby?"
„Vielleicht. Mir macht das alles Angst!" Sie sah Julia an.
„In der Truhe war mehr als ein spitzer Nagel! Ihn hat etwas erschreckt. Hubse, du weißt wirklich nicht, was da drin ist?"
Der Angesprochene hatte gerade das Tor verschlossen und wandte sich Tom zu: „Nein, kein Interesse dran. Was ich nicht weiß, macht mich nicht heiß, tschüss!" Er hüpfte in seinen Transporter und fuhr rasch davon.
Verdutzt blieben die Freunde zurück. So ein seltsamer Ausgang des Nachmittags! Petes Bemerkung, dass der Helm aus dem Zweiten Weltkrieg stammte, war nur das gewesen, was Tom ohnehin gedacht hatte. Trotzdem wurde für ihn in letzter Zeit ein bisschen zu viel von dieser schrecklichen Zeit gesprochen. Ganz zu schweigen von dem unheimlichen Gefühl, das er bei der Truhe verspürt hatte. Warum hatte sich Pete plötzlich so verändert? Was war ihm darin begegnet? Weshalb hatte er nicht draußen auf sie gewartet? Tom sah zu Saby. Sie machte einen sehr unglücklichen Eindruck. „Wir begleiten dich nach Hause, dann musst du den Weg nicht allein radeln!", schlug er vor.
Sie nickte dankbar und fürchtete sich vor dem, was sie zu Hause erwarten mochte.
Schweigsam fuhren die Freunde los, und Tom ärgerte sich darüber, dass er die Truhe nicht doch genauer inspiziert hatte. Nun war es dafür zu spät.

Die Botschaft in der Baracke

„Und dann wurde er plötzlich ganz komisch!"
„Wie, komisch?"
„Na, plötzlich wurde er von einem auf den anderen Augenblick böse, schubste und stänkerte herum."
„Ja! Schließlich ließ er uns einfach mit Hubse in der Scheune stehen und machte sich aus dem Staub!", ergänzte Julia Toms Erzählung.
Bruno lehnte sich zurück und kraulte sich am Kinn, was sich anhörte, als ob ein Igel durchs Dickicht stöberte. „Nur weil er in die Truhe geschaut hatte?"
Tom und Julia nickten.
„Was war da drin? Versuch's möglichst genau zu beschreiben."
„Zuerst dieser Helm, angerostet, aber die Wappen rechts und links konnte man noch gut erkennen."
„Wappen? Rechts und links?" Brunos Gesicht wurde ernst.
„Ja, auf der linken Seite waren auf weißem Grund zwei Blitze, nur ohne Pfeilspitzen und auf der rechten Seite ein Hakenkreuz in einem weißen Kreis auf rotem Grund."
„Zwei Blitze, ohne Pfeilspitzen? Etwa so?" Aufgeregt kritzelte Bruno die Zeichen auf ein Papier.
„Genau so sahen sie aus!", rief Tom mit Erstaunen. „Woher weißt du das?"
„Später. Erzähl weiter!" Bruno übermalte die Zeichen, während Tom von den Kleidungsstücken berichtete. Es sah so aus, als ob Bruno jede Spur der Zeichen auf dem Papier auslöschen wollte.
„Sträflingskleidung?" Er zog eine Augenbraue hoch. „Und alles in der Museumsscheune?"
Die Geschwister nickten und sahen sich an. Bruno verunsicherte sie. Im Laufe von Toms Bericht waren seine Gesichtszüge

immer finsterer geworden, und er gab Geräusche von sich, die wie das angespannte Brummen eines Bären klangen.
Julia hielt das nicht mehr aus: „Kannst du uns bitte mal erklären, was mit dir los ist? Du machst mir Angst!"
Er blickte sie unter seinen buschigen Augenbrauen hervor an und gab einen tiefen Seufzer von sich. Im Holzhaus herrschte ziemlich lang Stille. Schließlich stand Bruno auf, ging zur Kommode, zog eine Schublade auf und holte die Erkennungsmarke heraus: „Ich muss euch etwas zeigen, was ich bisher verschwiegen habe. Die Truhe in der Museumsscheune gibt meinen schlimmsten Befürchtungen Nahrung." Er legte die Erkennungsmarke auf den Tisch. „Als ich sie gereinigt habe, ist es mir schon aufgefallen. Ich bin mir ziemlich sicher, dass sich Bürgermeister Ratgeber, Bauhofleiter Meißel und Ochsenwirt Kächele deshalb so sonderbar verhalten haben, weil sie sehr rasch diese beiden Buchstaben auf ihr entdeckt hatten." Bruno zeigte auf zwei S, die nebeneinander auf das Aluminium der Marke geprägt waren. „Die zwei Blitze ohne Pfeilspitzen auf dem Helm und der Uniformjacke sollen zweimal das S darstellen."
„Aha. Und das heißt?"
„Das bedeutet *Schutzstaffel*, Julia."
„Schutzstaffel?"
„Ja, die grausamsten Soldaten in der Armee Hitlers! Sie waren zu seinem speziellen Schutz abkommandiert und wurden für die unmenschlichsten Einsätze gerufen. Diese Soldaten bewachten zum Beispiel Lager, in denen unschuldige Leute eingesperrt waren und aufs Furchtbarste gequält und getötet wurden."
Grauen befiel die Geschwister.
„Wenn wir auf der Oberen Heide eine SS-Marke gefunden haben, in der Museumsscheune ein SS-Helm und eine SS-Uniform *und* eine Sträflingsjacke liegen, dann ..."

„Könnte das heißen, dass es auf der Oberen Heide so ein Lager gegeben hat“, vollendete Tom Brunos Satz.
„Möglicherweise“, fügte Bruno finster hinzu.
„Deshalb mag niemand darüber reden!“ Julia klatschte sich mit der flachen Hand gegen die Stirn: „Die Obersteinhausener schämen sich!“
„Sieht fast so aus. Das wäre für mich auch eine Erklärung, warum mir niemals etwas über die Vergangenheit des alten Bauhofs erzählt worden ist.“
„Wenn im Dorf daraus *so* ein Geheimnis gemacht wird, dann müssen dort oben wirklich schlimme Dinge passiert sein.“
„Wir wissen es nicht, Tom. Bisher haben wir nur eine Vermutung. Ich wünschte, wir könnten uns auf dem Gelände mal umsehen“, seufzte Bruno.
„Komisch, dass wir gerade so oft mit der Zeit des Zweiten Weltkriegs in Berührung kommen. Findet ihr nicht auch?“ Julia schaute in die Runde.
„Vielleicht soll ja dieses Geheimnis jetzt gelüftet werden?“, überlegte Tom.
„Da kann was dran sein“, stimmte Bruno zu. „Wenn irgendwo schlimme Schuld verborgen liegt, dann kann erst Friede einkehren, wenn sie aufgedeckt wird. Die meisten Menschen schämen sich, wenn sie sich schuldig fühlen.“
„Meint ihr, Gott hat uns auf diese Spur gesetzt, damit wir herausfinden, was dort oben los war?“
„Er mag jedenfalls kein Unrecht und liebt die Wahrheit!“, antwortete Bruno Julia.
„Was hat das jetzt mit Pete zu tun?“
„Keine Ahnung, Tom. Keine Ahnung.“
Die Geschwister machten sich auf den Heimweg und verließen Brunos Holzhaus im alten Steinbruch. Diesmal hatten sie das Gefühl, einen Schritt weitergekommen zu sein. Erleichterung

brachte ihnen das aber nicht. Eher war ihre Nachdenklichkeit noch gewachsen, und als Julia und Tom das Dorf erreichten, fuhren sie nicht mehr so unbeschwert wie früher durch die Straßen.

Mit ernsten Gesichtern hörten Herr und Frau Dietz abends ihren Kindern zu, als sie ihnen von ihrem Verdacht erzählten. Schon nach dem Erlebnis in der Museumsscheune vor einigen Tagen waren sie betroffen gewesen. Im Hause Dietz herrschte Einigkeit darüber, dass Petes Verhalten mehr als sonderbar gewesen war. Seit jenem Nachmittag blieb auch Saby verunsichert und ängstlich, obwohl sich Julia weiterhin gut mit ihr verstand.

„Was haltet ihr davon, wenn wir den Wächters etwas Gutes tun?", fragte Mama Dietz plötzlich.

Sämtliche Köpfe richteten sich auf sie.

„Was Gutes tun? Wie meinst du das, Mum?"

Sie sah ihre Tochter an: „Wir könnten sie an Weihnachten zu uns einladen. Das ist ja bald! Vielleicht freuen sie sich darüber?"

„Nur Pete und Saby?"

„Nein, Tom, alle!"

„Die ganze Familie?"

Mama Dietz nickte Julia zu. „Was meinst du, Heinz?"

„Ich hab nichts dagegen."

„Aber Bruno kommt auch!", rief Julia.

„Natürlich, der war ja letztes Weihnachten schon da."

„Super Idee, Mum!" Tom strahlte und hoffte, dass sich Petes Stimmung durch die Einladung endlich wieder bessern würde.

„Fahr doch schnell rüber und sag's ihnen!", schlug Papa Dietz vor.

„Och, ich will aber auch mit!“, maulte Julia.
„Nein, du hast noch eine andere Aufgabe!“, erinnerte sie Mama Dietz und meinte damit die Gassi-Runde mit Sergeant Pepper.
„Der Sergeant kann uns doch wie immer begleiten!“
Beim ersten Klang seines Namens hatte der Pfeffer-Salz-Schnauzer die Küche verlassen und kam mit der Leine in seinem Maul wieder herein.
„Sergeant Pepper rennt euch die ganze Zeit hinterher! Heute bist du dran, mit ihm seinen gewohnten Spaziergang zu machen und zwar in dem Tempo wie *er* will.“ Frau Dietz ließ sich nicht von ihrer Meinung abbringen.
Es blieb Julia nichts anderes übrig, als sich in ihre Aufgabe zu fügen. Zu gerne hätte sie Sabys überraschtes Gesicht gesehen.
„Ich erzähl dir nachher, wie's gewesen ist!“ Tom grinste, als er sich den Fahrradhelm auf dem Kopf festzurrte.
„Pfff!“, zischte Julia und sah zu, dass sie mit Sergeant Pepper nach draußen kam. Sie hatte keine Lust drauf, von ihrem Bruder noch weiter auf den Arm genommen zu werden.
Als Tom vors Haus trat, waren Julia und der Sergeant bereits außer Sichtweite. Er schob das Rad aus der Garage und machte sich auf den Weg zur Gumpengasse. Bald hatte er die Ortsmitte erreicht und sah dort, wie sich Bauhofleiter Meißel gerade von Hubse entfernte, der ein wenig belämmert neben seinem Transporter beim Rathaus stand. Tom fuhr zu ihm hin: „Hallo Hubse!“
„Oh, hallo Tom“, murmelte Hubert und schwang sich in sein Führerhaus.
„Alles klar?“
Hubse verzog das Gesicht: „Könnte besser sein. Meißel schickt mich zum alten Bauhof. Auf ein paar Nebenstraßen haben wir vergessen, die Orientierungsstangen für den Schneepflug in die Straßenränder zu stecken. Der Chef ist ziemlich sauer, und nun

muss ich armer Tropf wieder herhalten und ausbügeln, was meine Kollegen verbockt haben! Es kann ja jeden Tag mit dem Schnee losgehen!“

„Alter Bauhof?“

„Ja, einiges wird dort oben noch gelagert. Besonders solche Dinge, die selten gebraucht werden. Magst du nicht mitkommen? Ich hab keine Lust, alleine hinaufzufahren.“

Hubses Frage wirkte auf Tom elektrisierend: „Auf die Obere Heide?“, fragte er vorsichtig, weil er glaubte, dass er sich verhört hatte.

Hubse druckste herum: „Du weißt doch, ich mag’s dort oben nicht so arg.“

Tom schluckte. Das war *die* Gelegenheit! Ihm einfach so vor die Füße gelegt! Es kam ihm wie ein Wunder vor. „Klar, wenn es dir Freude bereitet, dann fahre ich mit!“ Er stellte sein Rad ab und stieg auf der Beifahrerseite ins Führerhaus. „Von mir aus kann’s losgehen!“

„Danke.“ Erleichtert startete Hubse den Motor.

Genial!, dachte sich Tom. Da wünschen wir uns, den alten Bauhof mal von innen zu sehen, und nur ein paar Stunden später sitze ich mit Hubse im Transporter und befinde mich auf der Fahrt zur Oberen Heide! Für ihn war sonnenklar, wer da seine Finger im Spiel hatte. Umso gespannter war er nun auf das, was ihn dort erwartete. Er vermied es, Hubse unangenehme Fragen zu stellen, weil er wusste, dass dieser sich wegen seiner Ängstlichkeit schämte.

So verlief die Fahrt im Wesentlichen schweigsam, außerdem gab es genug zu sehen, auch der erhöhte Sitzplatz im Führerhaus war irgendwie cool. Tom kam sich gleich viel wichtiger vor und versuchte, einen möglichst überlegenen Eindruck zu machen. Wenn ihn jetzt nur ein paar Klassenkameraden sehen konnten!

Es dauerte nicht lang, da hatten sie das große Stahltor des alten Bauhofs erreicht. Tom stieg aus und half Hubse, es zu öffnen. Er blieb gleich draußen, während Hubse auf eine der Lagerhallen zuhielt. „Soll ich dir helfen?", rief er Hubse zu, als dieser wieder aus dem Transporter stieg.
„Nee, ist nicht nötig! Geht ja schnell!"
„Dann sehe ich mich in der Zwischenzeit mal um!"
„Sei aber vorsichtig! Vieles ist hier morsch!"
„Ich passe schon auf!" Zufrieden rieb sich Tom die Hände: „Ich darf nicht trödeln. Hubse wird sich bestimmt beeilen, um wieder schnell wegzukommen." Suchend überflog er mit den Augen das Gelände und entschied sich für eine heruntergekommene Baracke, deren Tür halb offen stand. „Die ist jedenfalls nicht abgeschlossen!" Tom rannte auf sie zu und setzte, sobald er dort war, sachte einen Fuß über die Türschwelle. Sogleich gab das Holz unter seinen Schuhen nach. In der Baracke war es feucht, es roch modrig. Ein Blick zur Decke erklärte warum: An ein paar Stellen konnte Tom den Himmel sehen, weil große Löcher im Dach klafften. Zu Toms großer Enttäuschung war das Gebäude leer. Alles Brauchbare hatte man irgendwann entfernt, zurückgeblieben war ein trostloser Raum, etwa zehn Meter lang und acht Meter breit, dem Verfall preisgegeben. Er wandte sich wieder dem Ausgang zu, da fühlte er plötzlich das Verlangen, zu einem der eingeschlagenen Fenster zu gehen. Ohne groß darüber nachzudenken, gab er dem Gedanken nach und ging hin. Kalter Wind pfiff ihm ins Gesicht, und er zog den Reißverschluss seiner Jacke bis zum Hals zu. Einige Glasscherben steckten noch in dem alten Fensterrahmen. Tom sah, wie dünn dieses Glas war: „Das hat bestimmt so gut wie keinen Schutz vor Wind und Kälte geboten!", murmelte er. Vor dem Fenster war ein Gitter angebracht. Tom rüttelte daran. Immer noch hielt es bombenfest. „Daran haben sie nicht gespart!", stellte er mit ei-

nem unangenehmen Kribbeln auf der Haut fest. Gerade dieses vergitterte Fenster machte es ihm unheimlich, und in seiner Fantasie begann er sich auszumalen, was hier gewesen sein könnte. Ihn überfiel Angst. Plötzlich achtete er viel mehr auf die Geräusche ringsumher. Das Knarren des alten Holzes der Baracke drang störend laut in seine Ohren, und das Pfeifen des Windes ließ ihm die Haare zu Berge stehen. Nun verstand er, warum Hubse den alten Bauhof nicht mochte. „Nichts wie raus hier!“ Tom hatte genug von diesem gruseligen Ort. Im letzten Moment fiel ihm ein Gekritzel an der Wand auf. Obwohl ihn alles hinaustrieb, konnte er nicht gehen, ohne einen näheren Blick auf die mit Bleistift ins Holz gedrückten Worte zu werfen. Stockend begann Tom, die schwer leserlichen Buchstaben zu entziffern: „Hüte ... dich ... vor dem P ...“ Er stutzte. Dieses Wort

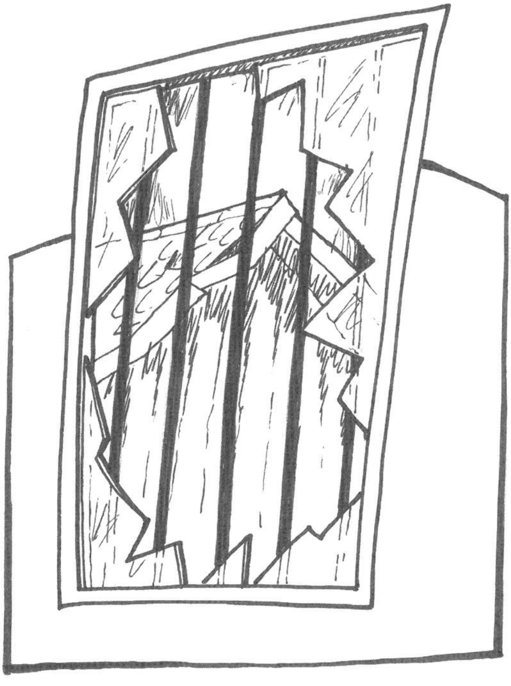

war lang und kaum mehr lesbar. „P ... ei ... tsch ... en ... Se ... pp. Peitschen-Sepp?“ Er las sich den Satz noch einmal vor: „Hüte dich vor dem Peitschen-Sepp!“ Ihn graute. Diese rätselhafte Warnung fuhr ihm durch Mark und Bein! Nun hielt ihn wirklich nichts mehr. Er sehnte sich nach Hubse, rannte Hals über Kopf aus der Baracke und hinüber zum Transporter.
Hubert Grün zuckte zusammen, als er Tom über den Hof spurten sah, und ließ fast seine Stangen fallen. Mit Mühe bugsierte er sie noch auf die Ladefläche: „Uff!“ Besorgt wandte er sich Tom zu: „Ist dir etwas zugestoßen?“
„Nein, alles in Ordnung!“, keuchte dieser und schaute über die Schulter zurück.
„Unheimlich, gell?“
Tom konnte nur nicken.
„Ja, ja, so ist das hier oben. Ich bin gleich fertig, dann ziehen wir Leine!“ Er ging wieder ins Lagerhaus, diesmal kam Tom hinterher. Sein Bedarf an Erkundung des alten Bauhofs war gedeckt.
Nach zwei weiteren Transportgängen, voll mit Stangen beladen, war die Arbeit abgeschlossen, und sie konnten das Gelände verlassen. Auf der Rückfahrt traute sich Tom schließlich die Frage zu stellen, die ihm seit seiner Entdeckung auf den Lippen lag: „Wer war der Peitschen-Sepp?“
„Pei ... Peitschen-Sepp? W ... Wie kommst du denn auf diesen Namen?“
„In der Baracke, mit Bleistift auf die Wand geschrieben.“
„Nun, ähem, mir sagt der Name rein gar nichts.“ Hubse versuchte, sich auf die Straße zu konzentrieren.
„Das glaub ich dir nicht! Du hast den Namen bestimmt schon mal gehört.“
„Hm, kann sein. Aber das war früher, lang her. Hab’s vergessen.“

„Jetzt sag schon!“
Aber aus Hubse war nichts mehr herauszubekommen. Mit einem Dankeschön setzte er Tom bei dessen Rad ab und fuhr davon.
Tom schob sein Rad ein Stück. „Hüte dich vor dem Peitschen-Sepp“, wiederholte er den Satz aus der Baracke und dachte über Hubses eigenartiges Verhalten nach. „Ich glaube fast, dieser Peitschen-Sepp spielt eine wichtige Rolle in der ganzen Geheimniskrämerei hier im Dorf.“ Er beschloss Bruno zu fragen, ob er etwas mit dem Namen anfangen konnte.
Der Nachmittag war weit fortgeschritten, und die Dämmerung setzte ein. Tom hatte noch etwas zu erledigen. Wenn das klappen sollte, dann musste er sich jetzt sputen. Er schwang sich aufs Rad und fuhr eilig in die Gumpengasse. Vor dem alten Häuschen der Wächters hielt er an, lehnte sein Rad gegen den morschen Gartenzaun und ging über den heruntergekommenen Weg zur Haustür. Er war ein wenig aufgeregt. Obwohl in den vergangenen Wochen eine Freundschaft zwischen ihm und Pete entstanden war – im Haus der Wächters war er noch nie gewesen. Pete hatte bisher immer darauf geachtet, dass ihre Begegnungen nicht bei sich zu Hause stattgefunden hatten. Auch vermied er es tunlichst, von daheim zu erzählen. Tom drückte die Klingel, hörte ihr Schrillen und wartete. Nichts rührte sich. Noch einmal drückte er den Knopf, ein bisschen länger, und fragte sich, ob überhaupt jemand zu Hause war. Das Warten wurde ihm unangenehm: „Ich kann’s ihm ja morgen in der Schule sagen.“ Er wandte sich zum Gehen, da hörte er, wie innen jemand die Treppe herunterstieg. Tom bekam Herzklopfen, blieb aber vor der Tür stehen. Ein Schlüssel wurde im Schloss umgedreht, danach ging die Tür auf. Tom erschrak. Im Türrahmen erschien der Mann, den sie vor einigen Wochen betrunken aus dem Ochsen hatten wanken sehen. Er wirkte

sehr müde, war unrasiert. Seine Haare standen in alle Richtungen ab, als ob er gerade aufgestanden war, und er trug einen alten, blauen Trainingsanzug.
„Ja, bitte?“ Die Stimme passte nicht zum Aussehen. Sie klang ganz sanft, fast schüchtern.
Tom nahm seinen Mut zusammen: „Hallo, ich bin Tom Dietz, ein Freund von Pete, ist er zu Hause?
Der Mann schüttelte den Kopf: „Nein, er ist mit Ute und Saby in die Stadt gefahren. Kann ich was ausrichten?“
Tom überlegte. Irgendwie hatte er Hemmungen, Petes Vater gegenüber die Einladung auszusprechen. „Nun, ähem, hm.“ Er räusperte und fasste sich ein Herz: „Wir würden Sie gerne mit Ihrer Familie am Heiligen Abend zu uns nach Hause einladen. Wäre schön, wenn Sie kommen würden!“ Tom atmete durch und war froh, dass er die Worte verständlich herausgebracht hatte.
„Eine Einladung? Zu Weihnachten?“ Erstaunen machte sich im Gesicht von Herrn Wächter breit. Damit hatte er nicht gerechnet, aber der Junge vor ihm erweckte nicht den Eindruck, dass er ihn auf den Arm nehmen wollte. Er schluckte, ein seltsames Gefühl stieg in ihm auf, und ein Kloß bildete sich in seiner Kehle. Petes Vater konnte sich nicht daran erinnern, wann er zum letzten Mal eingeladen worden war. Plötzlich schämte er sich für sein Aussehen und schob sich ein wenig hinter die Tür: „Aber wir kennen uns doch gar nicht“, stammelte er verlegen.
Tom merkte, wie unglaublich Herrn Wächter die Einladung vorkam. „Julia, meine Schwester, und ich kennen Saby und Pete ganz gut. Die Idee hatte übrigens unsere Mum. Tun Sie uns den Gefallen!“
Herr Wächter fuhr mit der Hand über sein Gesicht, doch er konnte nichts gegen die Tränen unternehmen, die sich in seinen Augen sammelten. So versuchte er rasch das Gespräch zu

beenden: „Wir werden darüber reden und euch Nachricht geben. Vie …“ Ein Schluchzer nahm ihm kurz die Stimme. „… len Dank. Die Einladung ist sehr freundlich und vollkommen unerwartet. Entschuldigung.“ Er schloss die Tür.

Verdutzt starrte Tom die geschlossene Haustür an: „Dass eine Einladung so was auslösen kann?“ Er kratzte sich am Kopf und ahnte, dass die Wächters wohl nie eingeladen wurden und vermutlich keinen Freunde hatten. Das machte ihn traurig. Im Grunde waren sie doch nette Leute. Irgendwie lag ein Schatten über der Familie. Auch passte dieser sanfte, schüchterne Mann eben gar nicht zu dem grölenden Betrunkenen vor dem Ochsen.

Vielleicht hielt Pete deshalb sein Zuhause so geheim, weil er wollte, dass niemand seinen Vater sah? Was war mit ihm bloß los?

Ein finsteres Bild entsteht

Am Tag nach Toms Begegnung mit Herrn Wächter erhielt Bruno einen Brief. Es kam selten genug vor, dass er Post bekam, meistens waren es dann Rechnungen oder Werbung. Doch dieser Brief sah amtlich aus. Zunächst tippte Bruno auf das Finanzamt, aber bei näherem Hinblicken erkannte er, dass der Umschlag eine weite Reise hinter sich hatte: Er kam aus Berlin.

Brunos Mund wurde trocken. So schnell hatte er nicht mit einer Rückantwort der Behörde gerechnet! Rasch riss er den Umschlag auf, entfaltete das darin enthaltene Stück Papier und las:

„Sehr geehrter Herr Burger,

vielen Dank für Ihren Beitrag zur Aufklärung von Soldatenschicksalen. Wir möchten Ihnen mitteilen, dass der Soldat, dessen Daten Sie uns gesandt haben, nicht als vermisst oder gefallen gilt. Aus Gründen der Persönlichkeitswahrung dürfen wir Ihnen seinen Namen nicht nennen. Wie Sie selbst unschwer erkennen konnten, war er Angehöriger der Waffen-SS und vor allem im Wachdienst in unterschiedlichen Lagern in Polen eingesetzt. Gegen Kriegsende wurde er verlegt in das *Arbeits- und Erziehungslager Obere Heide.* Dort verliert sich seine dienstliche Spur.

Mit freundlichen Grüßen,

Deutsche Dienststelle für die Benachrichtigung der nächsten Angehörigen von Gefallenen der ehemaligen deutschen Wehrmacht"

Bruno schluckte: „*Arbeits- und Erziehungslager Obere Heide*", flüsterte er. „Das war der alte Bauhof also! Haben wir *doch* richtig getippt!" Er konnte sich gut vorstellen, dass der Name viel harmloser klang, als das, was sich dahinter verbarg.

An der Tür klopfte es. Bruno legte den Brief auf den Tisch und ging, um zu öffnen.
Kaum war die Tür ein Stückchen weit offen, da zwängte sich Sergeant Pepper fiepend durch den entstandenen Spalt und sprang, sobald er drinnen war, pausenlos an Bruno auf und ab.
„Hallo kleiner Freund!“, freute sich Bruno über die stürmische Begrüßung und kniete nieder, damit er den Schnauzer richtig umarmen konnte. „Schön, dich zu sehen!“
Tom und Julia kamen herein: „Hallo Bruno!“
„Hallo ihr beiden!“ Er stand auf und ließ auch die Kinder in seinen kräftigen Armen verschwinden. „Klasse, dass ihr da seid! Setzt euch! Wo ist denn nun schon wieder der Sergeant?“
„Da fragst du noch?“ Julia grinste.
Da wusste Bruno, wo er suchen musste und fand Sergeant Pepper an seinem Lieblingsplatz: vor dem Kühlschrank. Zum Begrüßungsritual bei Bruno gehörte für ihn immer ein Rädchen Wurst, und er gab nicht eher Ruhe, bis er dieses erhalten hatte.
Tom kam sofort zu der Frage, die ihn seit gestern beschäftigte: „Bruno, kennst du den Peitschen-Sepp?“
Er stutzte: „Wie war der Name?“
„Peitschen-Sepp.“
„Peitschen-Sepp? Peitschen-Sepp?“ Er kraulte sich am Bart. „Ich weiß nicht“, sagte er schließlich entschuldigend. „Wie kommst du auf diesen Namen?“
Tom erzählte von seinem Erlebnis auf der Oberen Heide.
„Brrr! Ich finde das unheimlich!“, meinte Julia, als ihr Bruder mit seinem Bericht fertig war.
„Hüte dich vor dem Peitschen-Sepp“, murmelte Bruno in seinen Bart hinein und streichelte dabei Sergeant Pepper über den Kopf. Er nahm den Brief vom Tisch und überflog noch einmal

dessen Zeilen. Dann sah er Tom und Julia in die Augen: „Sieht beinahe so aus, als ob wir das Rätsel um die Obere Heide gelöst haben!“ Bruno las den Kindern das Schreiben aus Berlin vor.
„*Was ist ein Arbeits- und Erziehungslager?*“, wollte Julia anschließend wissen und sprach damit aus, was auch Tom dachte.
„So hundertprozentig weiß ich es auch nicht, aber es war bestimmt ein Ort, wo Menschen eingesperrt waren, die den Nazis nicht passten. Durch harte Arbeit und Gewalt sollte den Insassen des Lagers ihre Widerborstigkeit ausgetrieben werden.“
„Nazis waren solche, die mit Hitler gemeinsame Sache gemacht haben?“
„Richtig, Tom. Das waren jene Leute, die ihm halfen, seine Schreckensherrschaft aufzubauen und am Leben zu erhalten. Wer dagegen war, wurde eingelocht, umerzogen oder umgebracht.“
„Wenn also die Obere Heide so etwas Ähnliches wie ein Gefängnis gewesen ist, dann war der Peitschen-Sepp ein Bewacher der Gefangenen?“
„Ich glaube sogar, er war ein sehr grausamer Bewacher, Julia. Überleg doch nur: Wenn ihn alle Peitschen-Sepp nannten, dann hatte er bestimmt eine Peitsche bei sich, mit der er auf die armen Leute einschlug!“, antwortete Tom.
Bruno bestätigte ihn und führte seinen Gedanken noch ein Stückchen weiter: „Kann mir gut vorstellen, dass die Obere Heide möglicherweise noch Schlimmeres war als ein Erziehungslager.“
„Noch schlimmer?“, riefen die Geschwister so laut, dass sich der Sergeant unter den Tisch verkrümelte.
„Wenn die Waffen-SS das Lager bewachte, dann riecht es danach, dass dort oben, zumindest gegen Kriegsende, vielleicht sogar ein Konzentrationslager gewesen ist.“ Bruno machte eine Pause. „Und dann sind da auf jeden Fall Menschen getötet

worden. Die Männer von der Waffen-SS waren herzlose, rohe Gesellen!"
„Das alles sollen die Obersteinhausener wissen? Deshalb schämen sie sich? Aber du bist doch auch von hier! Wie kann es sein, dass du gar nichts von dieser schrecklichen Geschichte gehört hast? Ich begreif das nicht!" Julia schüttelte den Kopf.
„Ich bin mir nicht sicher, ob die Dörfler über die ganze Sache Bescheid wissen. Kann mir gut vorstellen, dass es nur so ein komisches Gefühl im Dorf gibt, das niemand fühlen mag und darum alle die Augen davor verschließen. Wer will schon in einem Ort leben, wo viele Menschen gequält worden sind?" Bruno sah Julia an. Plötzlich schlug er sich mit Hand gegen die Stirn: „Jetzt fällt es mir wieder ein, wann ich den Namen gehört hab!", rief er aufgeregt. „Damals war ich noch ein Kind und manchmal bei einer alten Tante zu Besuch, weil meine Eltern zur Arbeit gingen. Wenn ich ungezogen war und Streiche gemacht hatte, hat sie immer mit dem Finger gedroht und gesagt: *Wenn du nicht artig bist, dann kommt der Peitschen-Sepp und nimmt dich mit!*" Er hielt inne, es war ihm anzusehen, dass er sich an längst Vergessenes erinnerte: „Sie machte dann immer ein sehr ernstes, ängstliches Gesicht und sagte, dass der Peitschen-Sepp davongekommen wäre und mit Vergnügen ungehorsame Kinder abhole. Keine Ahnung, wer dieser Peitschen-Sepp war, aber meine Tante erzählte mir das so gruselig, dass ich Angst vor diesem Unbekannten bekam und artig blieb. Wollte dann aber nicht mehr zu ihr hin. Keine zehn Pferde hätten das noch geschafft! Schließlich gaben meine Eltern nach und fanden eine andere Lösung." Bruno war über sich selbst erstaunt: Wie hatte er dieses Erlebnis nur vergessen können?
„Schlimme Dinge möchte ich auch am liebsten vergessen", gab Julia unbefangen zu. „Wenn etwas vergessen ist, dann ist's weg."

„Das stimmt nicht immer. Manchmal brennt sich Schlimmes auch in die Seele ein, und wir leiden unter dem, an das wir uns nicht erinnern können, aber dennoch ist es da."
„Und dann?", fragte Tom.
„Dann kann es sein, dass wir seltsam werden und aus unerfindlichen Gründen an manchen Orten oder bei manchen Menschen Angst bekommen, ohne zu wissen warum. Vielleicht werden wir deswegen krank oder böse oder fangen an, Alkohol zu trinken oder was auch immer." Bruno zuckte mit den Schultern.
Die Blicke der Freunde trafen sich, und plötzlich hatten alle denselben Gedanken:
„Pete und Saby!", flüsterte Julia.
„Herr Wächter!", fügte Tom hinzu.
„Ihr meint ..." Auf Brunos abgebrochene Frage trat eine Stille ein, die Sergeant Pepper ganz unruhig machte. Er ging von einem zum andern und stupste seine Freunde mit der Nase an. Irgendwie wollte er sie aufheitern.
Tom streichelte ihn und entschied: „Wir müssen zurück in die Museumsscheune und die Truhe noch mal untersuchen! Ich will wissen, was Pete so erschreckt hat!"
„Ob uns Hubse da wieder reinlässt?" Julia zweifelte.
„Keine Sorge, wenn ich dabei bin, wird er sicher gerne das Scheunentor öffnen!", antwortete Bruno mit drohend tief gesenkter Stimme augenzwinkernd.
Die Geschwister schmunzelten, sie wussten, dass sich Hubse immer noch ein wenig vor Bruno fürchtete, obwohl dieser trotz seines wilden Aussehens ein ganz gemütlicher Kerl war.
Sergeant Peppers Stummelschwänzchen wackelte erleichtert, als er merkte, dass sich die Stimmung im Holzhaus aufhellte.
„Spaß beiseite!" Bruno wurde wieder ernster. „Könnten die Wächters in einer Verbindung zu den Geschehnissen auf der Oberen Heide stehen?"

„Denk an den Ochsenwirt. Kächeles Andeutungen waren ziemlich eindeutig!“, erinnerte sich Tom.
„Hm.“
„Vielleicht ist es ja dieses Geheimnis, was die Wächters so komisch macht?“ fragte sich Julia.
„Petes Laune fuhr jedenfalls schlagartig in den Keller, nachdem er die Truhe untersucht hatte. Julia, weißt du noch, wie er aufgeschrien hat?“
Sie nickte: „Und danach war er richtig mies drauf! Aber erst am Ende! Den Helm untersuchte er noch voller Interesse.“
„Stimmt, da hatte er noch gute Laune.“ Tom rieb sich das Kinn. „Ich glaub nicht, dass Pete und Saby etwas über das Lager wissen, trotzdem hat ihn der Inhalt der Truhe völlig durcheinandergebracht.“
„So kommen wir nicht weiter! Los, wir suchen jetzt Hubse und nehmen diese rätselhafte Truhe endlich unter die Lupe!“ Entschlossen stand Bruno auf und ging zur Tür: „Sergeant Pepper, wir machen einen Ausflug! Du fährst doch so gerne Geländewagen – jetzt geht's los!“
Ohne auf Julia und Tom zu achten, rannte der Sergeant hinaus.
„Guck mal, wie schnell wir bei unserem Hund abgemeldet sind, wenn's ums Vergnügen geht“, bemerkte Julia.
„Tja, so ist er eben!“ Tom schmunzelte. „Bin gespannt, wie Bruno Hubse finden will.“
„Obersteinhausen ist zum Glück keine Großstadt.“
„Außerdem ist sein Transporter unübersehbar!“, rief Bruno aus dem Wagen. „Alles einsteigen! Nächster Halt: Hubert Grün, der König der Blumenkübel und Rasenflächen!“
Hubse ausfindig zu machen, war schwieriger als erwartet. Sie mussten fast alle Dorfstraßen abfahren, bis sie ihn in der Nähe des Steinbachs fanden, wo er damit beschäftigt war, die Schacht-

körbe vom Unrat des Jahres zu reinigen. Das Wasser sollte wieder ungehindert abfließen können.
Bruno hielt neben ihm an und kurbelte die Scheibe herunter: „Hallo Hubse!“
Der Angesprochene erhob sich aus seiner gebückten Haltung: „Oh, hallo Herr Bur … Äh, hallo Bruno.“ Er grinste verlegen. An das Du hatte er sich immer noch nicht gewöhnt, obwohl es Bruno mit ihm schon vor einem Jahr ausgemacht hatte.
„Wir haben da eine Bitte“, rollte Brunos tiefe Stimme zum Seitenfenster hinaus.
„Eine Bitte?“ Hubse spürte in sich Unbehagen aufsteigen. Was konnte er schon für Bruno tun? Erst jetzt nahm er die Geschwister und Sergeant Pepper wahr: „Oh, ihr seid ja auch dabei! Hallo ihr drei!“
„Wir müssen in die Museumsscheune. Kannst du uns aufschließen?“
Hubert schluckte und fühlte sich in seinem Unbehagen bestätigt.
„Wir wollen noch mal die Truhe ansehen!“, erklärte Tom vom Beifahrersitz herüber.
„Die Truhe?“ Hubses Gesicht zeigte Sorgenfalten. „Warum interessieren sich plötzlich alle für diesen alten Kasten?“
„Wer denn noch?“, fragte Julia sofort nach.
„Na ja, ihr und Meißel und …“ Er stockte.
„Wer noch?“, drängten die Geschwister.
„Der Karl.“
„Karl Wächter? Der Vater von Pete und Saby?“
Hubse nickte Bruno bestätigend zu.
„Warum?“, riefen alle Insassen des Geländewagens gleichzeitig. Hubse erschrak darüber, was ihn noch mehr verunsicherte. „Keine Ahnung.“
„Hast du ihm die Truhe gezeigt?“

„Nee, war mir zu unheimlich. Der hat so nach Alkohol gerochen, und ich wollte nicht mit ihm allein in der halbdunklen Scheune sein."
„War er betrunken?", wollte Tom weiter wissen.
„Ja."
„Bestimmt haben Pete und Saby zu Hause von der Truhe erzählt!", mutmaßte Julia von der Rückbank.
„Und dann wollte er sich das alte Ding selbst ansehen. So wie wir." Bruno nahm Hubse genau in die Augen: „Du wirst uns doch bestimmt jetzt öffnen, oder?", funkelte er ihn an.
Hubse sah unglücklich bis aufs Mark aus, doch er wagte nicht, abzulehnen. „Von mir aus", seufzte er mutlos.
„Prima!", lachte Bruno und klopfte voll Freude aufs Lenkrad. „Dann los! Ist ja nicht weit! Wir warten auf dich!" Er gab Gas und ließ Hubse belämmert beim offenen Schacht stehen.
„Hui, dem hast du aber Angst eingejagt!"
Bruno schmunzelte Tom an: „Manchmal ist es auch ein bisschen von Vorteil, wenn sich die Leute vor einem fürchten!"
Gutgelaunt stoppten die vier Freunde vor der Museumsscheune und warteten, bis Hubses orangefarbener Transporter die Straße entlangkam.
„Mach ihm aber nicht mehr so Angst!", raunte Julia Bruno zu. Ihr tat Hubse Leid, weil er schon wieder in ein Abenteuer mit ihnen hineingeschlittert war.
„Keine Sorge! Ab jetzt bin ich ganz lieb zu ihm. Wir haben ja unser Ziel erreicht!", flüsterte Bruno ihr zu, weil er nicht wollte, dass Hubse bemerkte, wie unbegründet seine Angst gewesen war.
Stumm ging Hubse auf das Scheunentor zu und öffnete das große Vorhängeschloss. Klickend sprang es auf. Er fummelte es vom Riegel weg, schob diesen dann rauschend zur Seite, zog mit ein bisschen Mühe das Tor auf und trat einen Schritt zur Seite,

damit die anderen hinein konnten: „Macht mir aber nichts kaputt!“, nuschelte er mit seinem verbliebenen Mut.
„Wir passen schon auf!“, antwortete Tom. „Komm einfach mit und sieh, was es mit der Truhe auf sich hat!“
Hubse blickte ein wenig unschlüssig vom einen zum andern. Dann nickte er mit einem Seufzen.
„Klasse!“ Bruno klopfte ihm auf die Schulter.
„Uff!“, keuchte er und ging dabei leicht in die Knie.
Sergeant Pepper hatte sich schon längst in die Scheune verdrückt und das Vergnügen vom letzten Mal aufgenommen. Von irgendwoher hörten die Freunde ihn aufgeregt bellen.
„Wir sollten endlich auch reingehen!“, schlug Julia vor.
„Gut.“ Tom machte sich zielgerichtet auf den Weg zu der geheimnisvollen Truhe.

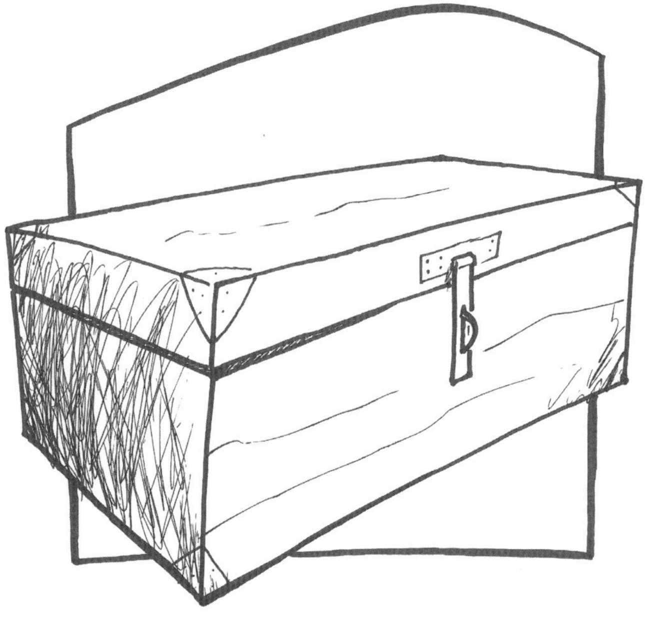

Kurz darauf hatten die Freunde diese erreicht und standen gespannt um sie herum. Bis auf Hubse. Sein Gesicht zeigte nicht die geringste Spur von Abenteuerlust; viel eher wirkte er etwas grün um die Nase, als ob ihm schlecht wäre. Er wusste, wohin ihn seine Neugier führen konnte, wenn er nur an die Geschichte vom letzten Jahr dachte! Partout wollte er sich nicht mehr in die Angelegenheiten anderer Leute einmischen, und nun fand genau das wieder statt! Hubse hielt es für besser, im Hintergrund zu bleiben.

Tom öffnete den Verschlag und hob den Deckel an. Wieder zog der bekannte, muffige Geruch in ihre Nasen, was sie aber nicht davon abhielt, ihre Köpfe über die offene Truhe zu beugen.

„Lasst uns sie leer räumen, damit wir nichts übersehen!"

„Okay, Julia." Tom begann mit dem Helm und legte ihn neben sich auf den Boden.

„Oje, oje! Waffen-SS!", stöhnte Hubse und schlug sich kopfschüttelnd die Hände vor die Augen. Er wäre am liebsten weit entfernt auf einer einsamen Insel gewesen. Trotzdem konnte er sich dann doch nicht ganz gegen seine Neugier wehren und blinzelte zwischen den Fingern hindurch auf das weitere Geschehen.

Nun kam die Uniformjacke dran. Vorsichtig griff Tom nach ihr. Unter seinen Händen drehte sie sich ein wenig nach links, so fiel sein Blick auf den Namen, der unterhalb des Kragens auf der Innenseite eingenäht war: „Ui!", entfuhr es ihm unwillkürlich, und er verharrte wie angewurzelt in seiner Bewegung.

„Was ist denn?", fragten Julia und Bruno gleichzeitig und rückten näher heran.

„Seht mal!" Tom hielt die Uniform so hin, damit die beiden den Namen lesen konnten.

„Das is' ja 'n Ding!" Bruno blieb die Spucke weg.

„Du liebe Zeit!“, hauchte Julia und legte die flache Hand über ihren Mund. Sie wurde bleich. Abwechselnd sah sie Tom und Bruno an. „Und jetzt?“

Hubse hatte inzwischen die Hände aus dem Gesicht genommen, weil er die Anspannung der anderen fühlte. Das machte ihn erst recht nervös: „Ich werde hier noch verrückt!“, schnappte er nach Luft, trat dabei von einem Fuß auf den anderen und reckte den Hals, ob er nicht etwas erspähen konnte.

Die Freunde beachteten ihn nicht.

„Kein Wunder, dass sich Pete so erschrocken hat!“, murmelte Tom. „Wer rechnet denn mit so was?“

„Das muss ein Schock für ihn gewesen sein!“

„Was aber auch zeigt, dass er mit dieser Entdeckung überhaupt nicht gerechnet hat“, fügte Bruno zu Julia gewandt hinzu.

„Kann mir endlich mal einer sagen, was hier los ist?“, stöhnte Hubse ungeduldig.

Tom hielt ihm die Uniform vor die Nase und deutete auf das eingenähte Namensschild.

„Josef Wächter. Na und?“ Hubse verstand die Aufregung der Freunde nicht. „Was ist daran so besonders?“

Nun waren es die Geschwister und Bruno, die sich über Hubse wunderten.

„He, Hubse, das ist ’ne SS-Uniform, die Josef Wächter gehört hat, und da drin liegt noch ’ne Sträflingsjacke!“ Bruno deutete auf die Truhe. „Fällt da bei dir kein Groschen?“

Hubert Grün sah ein bisschen dumm aus der Wäsche.

„Hubse, warum fürchtest du dich eigentlich vor dem Karl?“

Er schaute Julia an und runzelte die Stirn: „Weil sich schon immer alle vor den Wächters gefürchtet haben. Das ist halt so im Dorf!“, sagte er in einem Ton der Selbstverständlichkeit, als ob die Angst vor den Wächters eine Grundregel des Dorflebens war, und er überhaupt nicht verstehen konnte, dass Julia diese nicht

kannte. „Das weiß doch j …“ Er stutzte und warf einen Blick auf die Jacke: „Moment, Wächter? Der Karl heißt ja auch Wächter. Und hier: Wächter! Meint ihr, die sind miteinander verwandt?“ Er schaute fragend auf den Stahlhelm und die Uniformjacke.
„Hast du dir denn nie überlegt, warum sich alle vor den Wächters fürchten? Hat nie jemand darüber gesprochen?“
„Nee, Tom, nie.“
„Du hast dann wahrscheinlich auch nie wissen wollen, warum du dich auf der Oberen Heide nicht wohl fühlst, oder?“
Hubse schüttelte den Kopf.
„Es ist tatsächlich so“, brummte Bruno düster, „alles, was mit dem Lager und dem Krieg zu tun hat, wird im Dorf verschwiegen, obwohl alle irgendwie ein schlechtes Gewissen dabei haben.“
„Lager Obere Heide? Hab ich das richtig verstanden?“
„Mensch Hubse, bist du wirklich so schwer von Begriff?“, rief Julia, zog die Sträflingsjacke aus der Truhe und hielt sie ihm hin: „Wir wissen, dass es dort ein Arbeits- und Erziehungslager während der Hitlerzeit gab. Vielleicht sogar ein Konzentrationslager, in dem Menschen gestorben sind!“
„Oh.“ Langsam dämmerte es Hubse, und im selben Maß fing er an, sich für seine Begriffsstutzigkeit zu schämen. „Es wird wirklich niemals darüber gesprochen!“ Hubse hob entschuldigend die Hände. „Es gibt nur Andeutungen und schlechte Stimmung, wenn es auf dieses Thema kommt. Tut mir Leid.“ Er machte eine kleine Pause. „Josef und Karl Wächter gehören also zusammen?“
„Jedenfalls wohnen die Wächters in dem Häuschen, das Josef in der Gumpengasse gehörte“, antwortete Bruno
„Dort wo ein Häuschen dem anderen gleicht?“
„Genau. Die haben damals, vor dem Krieg, die Männer vom Reichsarbeitsdienst gebaut.“

„Das ist mir bekannt!“ Erleichtert darüber, dass er mal was gewusst hatte, nickte er Bruno zu.
„Wir denken, dass Josef der Opa von Pete und Saby war“, erklärte Tom.
„Somit der Vater von Karl?“
„Nun macht's langsam bei dir Klick!“
„Weil Josef irgendwie mit dem Lager zu tun hatte, vermuten wir, dass die Obersteinhausener vor den Wächters Angst haben“, setzte Julia fort.
„Ah.“
„Ich frag mich nur, wer die Truhe in die Museumsscheune gestellt hat.“
„Keine Ahnung, Tom, die steht schon immer hier. Jetzt weiß ich auch, warum ich nie hineingesehen hab. Irgendwie habe ich gerochen, dass mit ihr etwas faul ist.“
„Die Truhe hat jemand hingestellt, der von dem Geschehen auf der Oberen Heide wusste. Es sollte nicht vergessen werden!“, überlegte Julia.
„Die Dörfler tun alles dafür, damit sie nicht an diese schlimme Zeit denken müssen! Von denen war's wohl keiner!“ Bruno ging mit auf dem Rücken verschränkten Armen auf und ab.
Immer wieder sahen alle auf die Truhe, als ob sie ihnen erzählen konnte, wer sie hergebracht hatte. Doch auch als Julia sie aufs Genaueste untersucht hatte, blieb dieses Geheimnis offen.
„Hier kommen wir nicht mehr weiter.“ Tom sprach aus, was die andern dachten. Er ging zum Ausgang und rief nach dem Sergeant.
Julia räumte die Truhe wieder ein und klappte den Deckel zu: „Wer, um alles in der Welt, hat dich in die Scheune gestellt?“ Sie streichelte zum Abschied über das Holz des Deckels und ging zusammen mit Bruno nach draußen. Dort trafen sie auf

Tom und Hubse. Bei Tageslicht sah das Gesicht des Gemeindearbeiters noch bekümmerter aus als in der Scheune.
„Geht dir das mit der Truhe so nach?“, fragte Tom.
„Ich fühl mich wie ein Verräter!“
„Hm? Warum?“
„Ich habe die Ehre des Dorfes beschmutzt, weil ich euch in die Scheune gelassen habe! Die alten Geschichten sollten niemanden interessieren! Wir wollen in Frieden leben, und das“, er deutete mit dem Daumen über die Schulter, „das wirbelt schmutzigen Staub auf, den keiner haben will! Und wer steckt wieder bis zum Hals im Schlamassel? Hubert Grün, der Trottel vom Dienst! So ein Nestbeschmutzer wie ich kann sich im Dorf nicht mehr blicken lassen. Der Meißel reißt mir den Kopf herunter, wenn er das alles erfährt!“
„Wir verpfeifen dich nicht!“, tröstete ihn Julia.
„Trotzdem muss die Wahrheit auf den Tisch! Nur so kann mit der Zeit wirklich Frieden einkehren! Es tut niemandem gut, wenn das Geschehen auf der Oberen Heide und der unheimliche Peitschen-Sepp totgeschwiegen werden. Wir müssen aus der Geschichte lernen, damit wir in der Zukunft nicht die gleichen Fehler wieder tun!“
Als Bruno den Namen Peitschen-Sepp genannt hatte, sank Hubse noch ein bisschen mehr zusammen: „Hätte ich euch doch bloß niemals auf diese Fährte gesetzt! Ganz zu schweigen davon, dass ich dich zum alten Bauhof mitgenommen habe! Oje, oje, oje! Ich bin erledigt!“ Niedergeschlagen verkrümelte er sich in seinen Transporter und fuhr davon.
„Und nun?“, wollte Julia wissen.
„Bald ist Weihnachten“, antwortete Tom. „Hoffen wir, dass die Wächters unsere Einladung annehmen, und wir vielleicht auf diese Weise etwas über den Opa von Pete und Saby herausbekommen können.“

„Das ist mir gar nicht so wichtig! Die Wächters sollen sich über das Fest freuen können! Schließlich feiern wir den Geburtstag von Jesus, und da sollte keiner traurig zu Hause sein!" Julia ärgerte sich über ihren Bruder, der nur darauf versessen war, das ganze Rätsel zu lösen und darüber vergaß, wie elend es den Wächters in ihrer Einsamkeit ging.
„Christ ist erschienen, uns zu versühnen", sang Bruno plötzlich leise vor sich hin, wobei es sich mehr nach rhythmischem Brummen als nach Gesang anhörte.
„Hm? Was ist das für eine Melodie?"
Ach, nur ein altes Weihnachtslied, Tom" Er lächelte.
„Komischer Text. Versühnen?" Julia kratzte sich am Kopf.
„Ja, ja, so spricht heute keiner mehr, aber trotzdem steckt viel Wahrheit in der Strophe: Wo Jesus mit seiner Liebe in ein Menschenleben kommt, da kann Versöhnung stattfinden, und dann entsteht Frieden. Je länger wir uns mit der ganzen Geschichte beschäftigen, desto mehr bin ich davon überzeugt, dass das der Schlüssel zu einem besseren Leben ist. Ob für die Wächters oder die Dörfler."
„Wäre schön, wenn das passieren würde, dann bräuchte sich Hubse auch nicht mehr als Verräter fühlen!" Julia konnte sich gut in ihren Freund hineinversetzen.
„Dann hätten wir auch den Rest des Rätsels gelöst! Tut mir Leid, wenn es so ausgesehen hat, dass ich nur deshalb mit den Wächters Weihnachten feiern will, damit wir sie leichter aushorchen können", entschuldigte sich Tom.
„Passt schon!", antworteten Julia und Bruno gemeinsam.
„Jetzt müssen sie bloß noch kommen!", fügte Julia hinzu.
„Wenn Jesus seine Finger im Spiel hat, dann klappt das bestimmt!" Bruno stieg in den Geländewagen.

Die Spannung steigt

Die Weihnachtsferien rückten näher und bisher hatten weder Tom noch Julia von Pete oder Saby eine Antwort auf die Einladung erhalten. Ob sie mit ihren Eltern wirklich kommen würden? Die Geschwister wollten nicht mehr nachfragen, damit sie Pete und Saby nicht in Verlegenheit brachten.
Glücklicherweise war Pete Tom gegenüber wieder offener geworden. Das wirkte sich auch deutlich bessernd auf Sabys Laune aus. Die letzten drei Schultage waren angebrochen und noch immer herrschte Unklarheit.
„Warum brauchen die nur so lang?", fragte Julia eines Nachmittags. Sie saß im Wohnzimmer auf dem Boden vor dem brennenden Ofen und kraulte Sergeant Pepper das Fell. Der döste genüsslich in der Wärme und störte sich überhaupt nicht daran, dass draußen die ersten Schneeflocken in den Garten fielen.
Mama Dietz saß auf dem Sofa und trank eine Tasse Kaffee. „Keine Sorge, sie werden schon zusagen!"
Julia verzog zweifelnd den Mund und sah den fallenden Flocken zu. Vielleicht würde ja dieses Jahr mal zu Weihnachten Schnee liegen. Auch so etwas, auf das sie wartete und bisher kaum in ihrem Leben zu Gesicht bekommen hatte.
„Egal, was auch geschieht, wir werden zusammen mit Bruno einen schönen Abend haben!", tröstete Mama Dietz ihre Tochter voller Zuversicht und war froh darüber, dass sie schon vor Jahren den *Weihnachts-Stress* in der Familie abgeschafft hatten.
„Es klappt! Es klappt!" Tom stürmte brüllend ins Wohnzimmer. Er war ganz aufgeregt und hatte von der Kälte eine rote Nase.
Erschrocken fuhren Julia und Frau Dietz herum, der Sergeant sprang mit gesträubtem Fell knurrend auf die Pfoten. Als er merkte, dass es Tom war, der mit diesem unverschämten Lärm

in die Gemütlichkeit platzte, legte er sich verächtlich schnaubend wieder nieder.
„Oh, 'tschuldigung", sagte Tom deutlich leiser, als er die entsetzten Gesichter von seiner Mutter und Julia sah. „Die Wächters kommen am Heiligen Abend!"
„Echt?" Julia schnellte hoch. „Woher weißt du das plötzlich?"
„Ich habe Frau Wächter im Dorf getroffen. Da hat sie sich für die Einladung bedankt und gesagt, wie sehr sie sich darüber gefreut haben. Scheinbar war sie der Meinung, dass die Sache längst klar wäre."
„Wenn die wüsste, wie wir hier schon die ganze Zeit auf Kohlen sitzen!"
„Ach was, egal! Es klappt, das ist alles, was zählt!" Zufrieden ließ sich Tom in den Sessel fallen.
„Schön!" Mama Dietz rieb sich die Hände. „Dann können wir jetzt loslegen!"
Die Nachricht kam einem Startschuss gleich. Gedanken über das Essen und mögliche Geschenke hatten sie sich schon gemacht, doch nun musste alles besorgt und getan werden.
„Endlich mal ein bisschen Leben in der Bude!" Julia lachte. Nun erst kam für sie richtige Weihnachtsstimmung auf. Der Gedanke, Saby und ihrer Familie mit der gemeinsamen Feier eine Freude zu machen, beflügelte sie nach der Zusage sofort: „Los, hier muss es weihnachtlicher werden!" Sie stieß ihren Bruder in die Seite.
„Oje", stöhnte Tom. Er hielt wenig von Lichterketten und dem üblichen Weihnachts-Deko-Zeug. „Ich dachte, wir hätten den Weihnachts-Stress abgeschafft?"
Mama Dietz ging in die Küche, um noch einmal den Einkaufszettel zu überprüfen, den sie ihrem Mann Heinz sofort als er zu Tür hereinkam, in die Hand drückte: „Schnapp dir den Sergeant und deinen Sohn! Es geht los!"

Etwas verwirrt starrte Herr Dietz auf die lange Liste.
„Tag Paps!", grinste Tom. „Am besten du lässt den Mantel gleich an! Hier ist gerade ein vorweihnachtlicher Wirbelsturm ausgebrochen! Besser wir verdrücken uns und tun, was uns aufgetragen wurde."
„Ich glaube fast auch ..." Er stellte seine Aktentasche ab. „Sergeant Pepper! Einkaufs-Einsatz! Da fällt bestimmt ein Happen für dich ab!"
Schneller als Papa Dietz schauen konnte, saß der Sergeant mit wackelndem Stummelschwänzchen vor dem Auto.
„Na, der hat's kapiert! Aber die Begrüßung hätte trotzdem freundlicher ausfallen können!" Herr Dietz beschloss, sich mit Tom ordentlich Zeit für den Einkauf zu lassen und dabei ihr eigenes leibliches Wohl keinesfalls zu vergessen. Sollten die Frauen doch das Haus auf den Kopf stellen: „Wir lassen es uns jetzt gut gehen, bloß keinen Stress!" Er blinzelte Tom zu und freute sich schon auf die leckere Bratwurst, die es jedes Jahr auf dem Weihnachtsmarkt in Göpfingen gab.

Am vorletzten Schultag, beim Warten auf den Bus, gab sich Pete schließlich einen Ruck. Vielleicht auch deshalb, weil er von seiner Mutter erfahren hatte, dass sie Tom im Dorf begegnet war.
„Also, hm, ähem", räusperte er sich verlegen. „Vielen Dank für die Einladung."
„Kein Problem, wir freuen uns drauf!"
„Weißt du, Tom, wir kennen das nicht", gab er zu. „Uns hat noch nie jemand eingeladen, auch nicht in der Stadt, wo wir zuvor gelebt haben."
„Warum seid ihr überhaupt nach Obersteinhausen zurückgekehrt?"

Pete druckste herum und antwortete kaum vernehmbar: „Ging nicht anders. Wir haben doch hier das Häuschen."
„Du magst das Dorf nicht."
Pete schwieg.
Von Herrn Wächter hatte Tom auch den Eindruck bekommen, dass er lieber ganz woanders wäre. „Ihr spart euch die Kosten für die Miete?"
Pete nickte und senkte den Blick.
Deshalb ist er oft wütend und verdrischt die anderen, weil sie sich wenig leisten können, dachte Tom. Nun begriff er, warum Pete es kaum fertiggebracht hatte, die Einladung anzunehmen. Jede Familie, der es einigermaßen gut ging, feierte Weihnachten mit einem Festessen und Geschenken zu Hause oder mit Verwandten. Für diejenigen, die nichts hatten, fiel die Feier meistens aus. Wer gab das schon gern zu? Wie es Pete wohl ging, wenn er die bunten Schaufenster und den üppigen Weihnachtsmarkt in Göpfingen sah, und an die leeren Taschen seiner Familie dachte? Was er von seinem Vater hielt, der keine Arbeit hatte und zu viel Alkohol trank? Tom traute sich nicht, danach zu fragen. Er nahm Pete kurz kumpelhaft in den Arm und sagte: „Stark, dass wir dieses Jahr gemeinsam feiern! Alleine wär's doch nur langweilig, oder? Wird ein cooler Abend!"
Nur das leichte Glitzern in Petes Augen verriet Tom die Vorfreude, die sein Freund in sich trug. Der Rest von ihm zeigte übertriebene Gelassenheit. „Mal sehen", ließ Pete fast schon gelangweilt verlauten.
Du bist ein schlechter Schauspieler, schmunzelte Tom still in sich hinein.
Da hatte es Julia mit Saby viel leichter. Als Petes Schwester erfahren hatte, dass die Katze endlich aus dem Sack war, schnatterte sie die letzten beiden Schultage fast pausenlos mit Julia über das bevorstehende Fest. Die gute Aussicht auf Weihnach-

ten hatte sie mindestens um fünf Zentimeter wachsen lassen! Nun brauchte sie sich nicht mehr gekränkt abwenden, wenn die anderen in Vorfreude von den Feiertagen schwärmten. Das tat so gut!

Dann kam endlich Heiligabend. Spätestens jetzt waren die guten Vorsätze in Bezug auf den abgeschafften Weihnachts-Stress hinfällig: Im Hause Dietz wurde zum Endspurt angesetzt!
Frau Dietz schickte ihren Mann und die Geschwister für letzte Besorgungen in die Stadt; sie dagegen wollte zusammen mit Bruno den Baum aufstellen und schmücken. Aus diesem Grund hatte sie Bruno schon am frühen Vormittag zu sich beordert. Das war für den alles andere als lästig. Freudig rieb er sich die bratpfannengroßen Hände, denn bei Familie Dietz war immer etwas los, und so verkürzte sich außerdem die Zeit des Wartens. Nun konnte er schon zum zweiten Mal dieses wichtigste Fest des Jahres wieder im Kreise einer Familie feiern. Und das nach so langen Jahren der Einsamkeit! Für ihn gab es kein größeres Geschenk! Da half er gerne mit! Außerdem wusste Bruno, dass Erika Dietz nach getaner Arbeit immer ein paar Leckereien für ihn bereithielt. Natürlich würde er diese redlich mit Sergeant Pepper teilen! Aber das brauchte sie ja nicht zu wissen.
So stand er gutgelaunt vor der Haustür und wartete, bis Frau Dietz öffnete: „Guten Morgen Erika, guten Morgen Sergeant!“, grüßte er vergnügt und streichelte dem Schnauzer augenzwinkernd über den Kopf.
„Komm rein! Der Baum liegt auf der Terrasse! Ich hoffe, du hast alles dabei?“
„Natürlich!“ Bruno hielt Axt und Säge hoch, die er brauchte, um den Baum auf die richtige Größe und in den Ständer zu bringen.

„Fang gleich an! Ich habe noch etwas im Ofen!"
Ein köstlicher Duft kitzelte Brunos Nase, das Wasser lief ihm im Mund zusammen. Frisches Gebäck würde unheimlich gut zu einem Tässchen Kaffee passen! Er ging rasch ans Werk und bugsierte schon nach wenigen Minuten den Weihnachtsbaum durch die Terrassentür ins Wohnzimmer. „Perfekt! Der steht wie eine Eins!" Zufrieden schlenderte er zur Küche und wollte es sich gerade auf der Eckbank gemütlich machen, als Erika abwehrend die Hände hob: „Momentchen, Momentchen! Der Baum muss auch noch geschmückt werden!"
„Mit diesen Pranken?" Bruno hielt Mama Dietz seine großen Hände hin und blickte sehnsüchtig auf die duftenden Plätzchen, die verlockend auf dem Tisch standen und noch warm waren.
„Bruno, wir wissen alle, wie geschickt du mit *diesen Pranken* umgehen kannst! Also mach mir nichts vor!" Sie winkte ab und schob Bruno zurück ins Wohnzimmer. Enttäuscht wechselte er einen Blick mit Sergeant Pepper. Sie mussten sich noch eine Weile gedulden. Glücklicherweise half Erika beim Schmücken, und so erstrahlte der Baum bald in voller Pracht.
„Nun gibt's erst mal einen guten Kaffee!"
„Genau!" Bruno nickte dem Sergeant verheißungsvoll zu.
„Ach, Bruno, bitte gib Sergeant Pepper heimlich keine Plätzchen mehr. Er wird uns sonst noch zu fett!"
„Hoppla!", brummte Bruno erstaunt. Er hatte nicht damit gerechnet, dass Mama Dietz etwas von seinen kleinen Fütterungsaktionen mitbekommen hatte. Ertappt zuckte er zu Sergeant Pepper gewandt mit den Schultern: „Sie hat uns erwischt, Alterchen! Aber ein kleiner geht schon noch ..."
„Bruno!", ermahnte Erika mit gespieltem Ernst und kochte Kaffee.
Bald darauf kamen Tom, Julia und Papa Dietz zurück.

„Wir haben alles bekommen, sogar ein paar schöne Geschenke für die Wächters!“, rief Julia begeistert.
Anschließend versammelten sich alle um den Baum und lobten Mama Dietz und Bruno für ihr gelungenes Kunstwerk. Beide wurden ein bisschen rot um die Nase, und Erika winkte ab: „Ihr Schmeichler wollt ja nur Schönwetter machen, damit ihr etwas naschen dürft! Also, bedient euch schon!“

Die drei machten sich über den gefüllten Tisch her. Auch Bruno langte noch mal kräftig zu und ließ ab und an seine Hand unauffällig unter den Tisch wandern.
„Wo ist eigentlich der Sergeant?“, fragte Tom mit vollem Mund.
„Ich glaube unter dem Tisch. Nicht wahr, Bruno?“ Frau Dietz warf ihm einen tadelnden Blick zu.
„Ja, ja, der Sergeant sitzt hier bei mir!“, schmunzelte er mit Unschuldsmiene, obwohl er wusste, dass ihn Erika schon wieder ertappt hatte.
„So, genug geschmaust! Alle raus hier! Verdrückt euch, und lasst euch in den nächsten Stunden nicht mehr blicken! Ich möchte fertig werden! Heinz, du bleibst und hilfst mir dabei!“ Sie warf die Geschwister, Bruno und Sergeant Pepper aus der Küche.
Etwas verdutzt standen die vier im Flur.
„Und nun?“, fragte Julia.
„Lasst uns eine kleine Wanderung machen. Ich könnte ein wenig Bewegung vertragen!“ Bruno strich sich über den Bauch. „Da muss ja heute noch einiges reinpassen!“
„Gute Idee!“, stimmte Tom zu. „Den Sergeant nehmen wir gleich mit! Ich finde, er hat in letzter Zeit ganz schön zugelegt! Findet ihr nicht auch?“
„Oh, natürlich, ganz schön fett geworden, der Junge!“, antwortete Bruno übertrieben hastig, und beeilte sich, seine warme Kleidung anzulegen und nach draußen zu kommen.
„Er klang ein bisschen verlegen, der gute Bruno!“ Julia grinste. „Ich glaube fast, das liegt an ihm, dass sich unser Sergeant der Kugelform nähert.“
„Das weiß doch jeder! Nur Bruno denkt, es falle keinem von uns auf!“ Tom lachte und nahm den Sergeant an die Leine.
Ums Haus pfiff kalter Wind. Die Freunde zogen ihre Jacken zu. Schneegeruch lag in der Luft, und die Landschaft war leicht mit

weißen Kristallen gepudert. Sie nahmen den Weg über die Felder und wanderten in einem großen Bogen um Obersteinhausen herum. Nach mehr als einer Stunde hatten sie genug von Kälte und Wind und beschlossen, heimzukehren. Der Kürze halber gingen sie direkt durchs Dorf. Gerade als sie den Marktplatz erreichten, rannte sie jemand aus einer Seitengasse heraus fast über den Haufen: „Herr Wächter!“, riefen die Geschwister erstaunt.

Der Vater von Pete und Saby erschrak und blickte sie entgeistert an: „Oh“, murmelte er verlegen und rieb sich den Nacken.

„Noch ein paar Besorgungen zu machen?“ Bruno versuchte, die peinliche Situation aufzulösen.

„Wie?“ Herr Wächter schaute an Bruno hoch, der ihn um mehr als einen Kopf überragte. „Äh, ja, ja“, nickte er verwirrt.

„Wir freuen uns auf Sie und ihre Familie! Das wird heute bestimmt ein schöner Abend!“

Herr Wächter wandte sich Tom zu: „Ja, wir freuen uns auch!“ Er wurde rot. „Nun muss ich aber weiter. Bis später dann!“ Ohne einen Gruß von den Freunden abzuwarten, hastete er davon und warf dabei immer wieder einen verstohlenen Blick über die Schulter zurück.

„Komischer Kauz.“

„Stimmt, Julia. Herr Wächter wirkte sehr überrumpelt!“ Bruno sah ihm nach.

„Aber warum bloß?“

„Vielleicht wollte er uns ein paar Geschenke besorgen?“ Tom rieb sich sein Kinn.

„Die Läden haben schon geschlossen. Ich glaube, er geht etwas trinken“, folgerte Bruno düster.

„Meinst du wirklich? Aber er ist doch bei uns eingeladen!“ Tom schaute dorthin, wo Herr Wächter zwischen den Häusern wieder verschwunden war.

„Möglicherweise hat er Angst und versucht, sich ein wenig Mut anzutrinken. Wir werden sehen." Bruno fuhr durch seinen Bart.
„Mich friert. Ich möchte nach Hause!" Julia nahm Tom Sergeant Peppers Leine aus der Hand und ging mit diesem weiter.
„Ob die Wächters pünktlich da sein werden?"
„Warten wir's ab, Tom." Bruno war sehr nachdenklich geworden.
Tom merkte, dass Bruno ähnlich fühlte wie er selbst. All die Entdeckungen und Ereignisse der vergangen Wochen spukten wieder in seinem Kopf herum, und er hoffte, dass der heutige Abend vielleicht ein wenig Licht ins Dunkel werfen würde. „Hauptsache, die Wächters haben einen schönen Abend! Alles Weitere ist Zugabe!", sagte er zu sich selbst, um nicht enttäuscht zu sein, wenn seine Fragen heute keine Antwort finden würden.
Julia wartete nicht auf Tom und Bruno. Nach der Begegnung mit Herrn Wächter war ihr plötzlich ganz kalt geworden, sie wollte schnell zurück ins Warme. Auch der Sergeant sehnte sich nach seinem gemütlichen Plätzchen am Ofen.
Als Tom und Bruno zu Hause ankamen, saß Julia schon eine ganze Weile in eine Decke gekuschelt auf der Eckbank in der Küche und hielt sich an einer dampfenden Tasse Tee fest.
„Glaubt ihr wirklich, dass sie kommen?", empfing sie die beiden zweifelnd.
„Sie wollten gegen 16 Uhr da sein." Tom sah zur Uhr. „Dauert nicht mehr lang, dann wissen wir es."
Bruno nickte stumm und gesellte sich zu Heinz und Erika ins Wohnzimmer. Sergeant Pepper hatte es sich dort gefährlich nah am Kaminofen gemütlich gemacht. „Hab Acht, dass du dir nicht das Fell verbrennst!", ermahnte ihn Bruno schmunzelnd, ließ sich auf dem Sofa nieder und fing ein belangloses Gespräch an, um sich die Zeit zu verkürzen.

Die Geschwister blieben in der Küche und zählten mit wachsender Spannung die Minuten.
„Jetzt könnten sie eigentlich kommen!“, murmelte Julia ein paar Minuten vor 16 Uhr. Doch die Zeiger der Küchenuhr überrundeten die Vier. Viertel nach vier, halb fünf, Viertel vor fünf, zehn vor fünf. „Das war's!“ Enttäuscht warf Julia ihre Decke ins Eck. „Die Wächters haben uns versetzt! Ich bin in meinem Zimmer!“
„Tja.“ Toms Mundwinkel zogen sich gefrustet nach unten, doch allein in der Küche bleiben, wollte er nicht und ging ins Wohnzimmer.
„Die kommen bestimmt noch!“, empfing ihn sein Vater mit einem aufmunternden Kopfnicken.
Tom zuckte mit den Schultern und warf sich neben Sergeant Pepper auf den Boden. Zum Feiern hatte er keine Lust mehr.
„Vielleicht ist ihnen etwas dazwischen gekommen, was sie aufgehalten hat.“
„Oder sie haben sich in der Zeit vertan“, stellte Bruno noch eine weitere Erklärung neben die von Mama Dietz.
„Oder, oder, oder“, brummte Tom und streichelte den dösenden Sergeant. Zumindest für ihn verlief Heiligabend bisher ganz angenehm.
„Ich hab jedenfalls Hunger und finde, wir sollten nicht länger warten!“ Papa Dietz war aufgestanden und streckte sich.
Beim Stichwort Hunger hatten Bruno und Sergeant Pepper fast gleichzeitig den Kopf gehoben. Ein eindeutiges Zeichen dafür, dass auch ihnen der Magen knurrte.
„Na, dann wollen wir mal die Würstchen in die Pfanne hauen!“ Frau Dietz verließ das Wohnzimmer.
„Warte, ich komm mit!“ Heinz folgte seiner Frau in die Küche. In der Hoffnung auf einen kleinen Extrahappen huschte der Sergeant hinterher.

„Es scheint, als hätte sich unsere Befürchtung bestätigt."
„Sieht wohl so aus."
Bruno kraulte sich seinen mächtigen Bart: „Schade."
„Herr Wächter war vorhin zu komisch drauf." Tom versuchte, zu verstehen. „Ich habe wirklich geglaubt, dass sie sich über unsere Einladung gefreut haben."
„Bestimmt gibt es einen triftigen Grund dafür, weshalb sie jetzt noch nicht da sind. Ich denke, wir werden ihn erfahren."
„Spätestens nach den Ferien, mit etwas Glück", knurrte Tom, warf noch etwas Holz in den Ofen und knallte verärgert dessen Tür zu.

Würstchen und Geschenke

„Ding-Dong!“

Tom und Bruno warfen sich einen Blick zu.

„Da sind sie ja doch noch!“, rief Tom. Seine miese Laune war augenblicklich verflogen. Er sprang auf und stürmte aus dem Wohnzimmer. Sergeant Peppers Gebell erfüllte schon den Flur und Julia kam mit Höchstgeschwindigkeit die Treppe heruntergepoltert. Erleichtert fanden sich auch Mama und Papa Dietz mit Bruno im Flur ein. Der Platz dort wurde langsam eng, allen war die Freude ins Gesicht geschrieben.

„Ding-Dong!“, hallte es ein weiteres Mal durchs Haus.

„Nun mach schon auf!“, raunte Julia ihrem Bruder zu.

Tom warf einen Blick nach hinten, als ob er prüfen wollte, ob das Empfangskomitee ordentlich und vollständig erschienen war. Dann atmete er tief durch, drückte die Klinke der Haustür nach unten und öffnete.

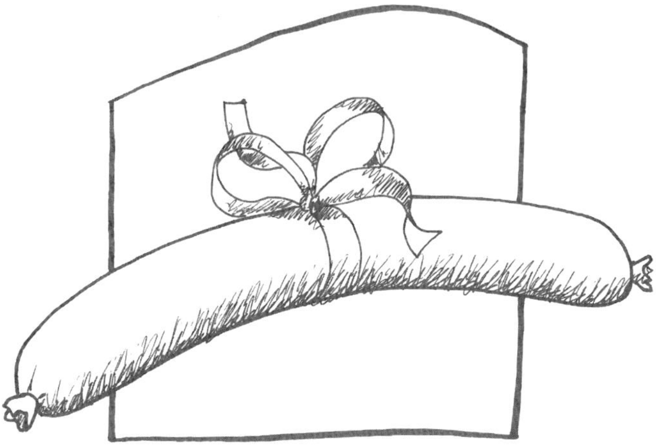

Sofort strömte kalte Luft herein. Im letzten Licht der Abenddämmerung standen Pete, Saby und Ute Wächter vor der Tür. Der sanfte Schneefall des Nachmittags hatte sich fortgesetzt und ihre Anoraks leicht mit weiß überzogen. Sie waren zu Fuß gekommen.
„Tut uns Leid, aber wir haben ziemlich lang auf Karl gewartet“, entschuldigte sich Ute.
„Aber wie üblich ist er nicht nach Hause gekommen“, murmelte Saby enttäuscht.
„Ich hoffe, wir sind trotz der Verspätung noch willkommen“, fügte Ute an.
„Natürlich!“, schallte es aus fünf Mündern fröhlich.
„Wuff, wuff!“, antwortete der Sergeant auf seine Art, trippelte aufgeregt auf allen vieren hin und her und ließ sein Stummelschwänzchen vor Begeisterung im Kreis rotieren.
Tom trat zur Seite, damit die Wächters endlich ins Haus konnten.
„Brr, ist das kalt!“ Ute rieb sich die Hände. „Nochmals vielen Dank für die Einladung und entschuldigt unsere Verspätung!“
„So, genug der Danksagung und des Entschuldigens! Herein ins Warme! Das Essen ist gleich fertig!“ Mama Dietz schloss die Förmlichkeiten ab und schob Pete, Saby und Ute in die große Wohnküche, wo ein festlich gedeckter Tisch auf alle wartete.
„Nehmt Platz!“ Herr Dietz machte eine einladende Handbewegung, während seine Frau die schier unzähligen Würstchen in den drei Pfannen wendete. Sie hatten schon goldbraune Farbe angenommen und dufteten köstlich.
Saby und Pete bekamen leuchtende Augen, als sie die festliche Tafel sahen und den köstlichen Duft rochen. Rasch legten sie ihre warmen Anoraks ab.
„Wo ist euer Vater?“, wollte Julia wissen. Sie war traurig darüber, dass Familie Wächter unvollständig erschienen war.

„Keine Ahnung. Heute Mittag hat er sich für ein paar Besorgungen verabschiedet.“
„Wir haben ihm noch mal eingeschärft, dass er nicht zu spät kommen soll!“, fügte Saby Petes Erklärung hinzu.
Den beiden war das Fehlen ihres Vaters unangenehm.
„Wir haben ihn im Dorf getroffen.“ Tom klinkte sich in das Gespräch ein.
„Im Dorf?“ Pete runzelte die Stirn.
„Ja, er war auch überrascht, als er uns sah. Hatte es irgendwie eilig.“
Saby warf ihrem Bruder einen Blick zu, Sorge schwang darin mit.
„Wo könnte er nur hingegangen sein?“ Tom schob seine Unterlippe vor.
Pete und Saby machten einen hilflosen Eindruck. Es sah so aus, als ob sie einen Verdacht hegten, aber keinesfalls darüber reden wollten. Tom und Julia ahnten, was in den Köpfen ihrer Freunde vorging.
Kein Wunder, wenn sie nichts dazu sagen möchten, dachte Julia und ärgerte sich, weil sie dieses heikle Thema überhaupt angeschnitten hatte. Die Stimmung der Wächters war ohnehin schon trübe genug. Sie setzte neu an: „Kommt auf die Eckbank und macht es euch gemütlich! Was wollt ihr trinken? Wir haben lauter leckere Sachen: Limo, Cola, Saft, Tee, Punsch, Milch oder schlichtes Mineralwasser?“
Die Wächters-Kinder nahmen den Themenwechsel dankbar an und setzten sich auf die Eckbank. Pete entschied sich für eine Cola, während es Saby mit einer Tasse warmen Punsch versuchte. Etwas verunsichert hielten sie sich an ihren Getränken fest und warteten darauf, was als Nächstes geschehen würde.
In der Küche herrschte geschäftiges Treiben. Herr und Frau Dietz waren mit der Essensvorbereitung auf der Zielgeraden.

Mehrmals hatte Ute Wächter ihre Hilfe angeboten, doch als wichtiger Gast wurde ihr jedes Mal die Mithilfe verwehrt. Leicht verloren stand sie in der Küche herum.
Da nahm Bruno sie freundlich am Arm und zog sie zum Tisch hinüber: „Schön, dass wir uns endlich mal kennenlernen!", rollte seine Stimme aufmunternd durch die Küche. Gutgelaunt zwinkerte er den Kindern auf der Eckbank zu. Ein bisschen verwirrt schaute Frau Wächter zu dem großen Mann auf, ließ sich aber von ihm zum Esstisch führen. „Ich bin Bruno Burger. Du kannst ruhig Du zu mir sagen. Ich wohne draußen im alten Steinbruch, falls du schon mal was von ihm gehört hast."
„Äh, nein."
„Na, macht nichts. Ihr seid nicht von hier?"
„Nein, wir sind im Sommer zugezogen."
„Aha. Ich habe gehört, ihr wohnt in der Gumpengasse?"
„Ja, wir haben da vor vielen Jahren ein Häuschen geerbt."
„Die Siedlung dort wurde seinerzeit vom Reichsarbeitsdienst aufgebaut." Bruno sah Ute gespannt von der Seite an. Auch Toms und Julias Ohren spitzten sich.
„Ich ... Ich weiß nicht", antwortete Ute verlegen. „Das Häuschen hat Karls Vater gehört."
„Josef Wächter?"
Pete und Saby zuckten unwillkürlich zusammen, als Julia den Namen ihres Großvaters genannt hatte.
„Woher weißt du Opas Namen?", fragte Pete gepresst.
Tom warf Julia einen warnenden Blick zu. Sie verstand.
„Er ist über der Haustür ins Holz geritzt", sagte sie unverfänglich und möglichst gelassen.
Die Geschwister ahnten: Die Uniform durfte nur in einem günstigen Moment zur Sprache gebracht werden.
Auch Ute war es unangenehm, den Namen ihres Schwiegervaters zu hören.

„Hast du ihn persönlich gekannt?" Bruno wagte sich noch etwas weiter vor.
Frau Wächter schüttelte den Kopf: „Er ist viele Jahre bevor ich Karl kennenlernte verstorben. Irgendwann in den 70er Jahren. Karl erzählt nichts, deshalb wissen wir kaum etwas über ihn."
„Hm", brummte Bruno. Er merkte, wie den Wächters das Gespräch über ihren Großvater wachsendes Unbehagen bereitete, so nahm den Anfang des Gesprächs wieder auf: „Ihr seid also in den Sommerferien nach Obersteinhausen zurückgezogen?"
„Wir haben hier noch *nie* gelebt!", protestierten Saby und Pete gleichzeitig.
„Und wären liebend gern in unserer alten Stadt geblieben!", fügte Pete hinzu.
Ute sah ihren Sohn traurig an. Sie verstand ihn gut.
„Warum seid ihr dann hergezogen?", fragte Tom Ute.
„Es blieb uns keine andere Wahl. Wir konnten uns die Wohnung in der Stadt nicht mehr leisten, und da Karl keine Arbeit hat ..."
Pete hielt das Gespräch nicht mehr aus. Es setzte ihm zu sehr zu. Unter dem Tisch kniff er Saby böse in den Schenkel.
„Au! Sag mal, spinnst du?", heulte sie unter Schmerzen los und boxte ihrem Bruder kräftig gegen den Arm.
Pete gab sofort zurück.
Hätten Tom und Julia nicht rasch eingegriffen, wäre in der Küche eine heftige Keilerei zwischen den beiden entbrannt.
„Pete! Benimm dich!", rief Ute empört und lief schamrot an. „Tut mir Leid! Manchmal rastet er einfach aus!"
Pete standen die Tränen in den Augen. Die Worte seiner Mutter taten ihm zusätzlich weh. Ja, er war das Problem in der Familie, und er hasste sich selbst am meisten dafür. Ihn hielt es nicht mehr auf der Eckbank: „Ich muss raus!", keuchte er mit bebender Stimme und kroch unter dem Tisch hindurch.

Tom folgte ihm und schleuste ihn hoch in sein Zimmer.
Kurz darauf hallte es durchs Haus: „Essen ist fertig!"
Tom sah zu Pete hinüber. Er hatte sich mit dem Gesicht nach unten auf sein Bett geworfen. Immer wieder ging ein Zittern durch ihn, er atmete heftig.
„Die Würstchen sind gebraten. Magst du wieder mit runterkommen?"
Pete blieb liegen, das Zittern hatte nachgelassen.
„Nimm dir solang Zeit, wie nötig. Du weißt ja, wo wir sind."
„Warte!" Pete hob den Kopf. „Ich komm mit."
„Ah! Schön, ihr seid wieder da!" Papa Dietz freute sich. „Dann können wir ja gemeinsam anfangen! Bruno?"
Der Angesprochene nickte und wusste, was Heinz meinte. Durch seine Freundschaft zur Familie war mit ihm auch das Gebet im Hause Dietz eingezogen. Aber laut ein Tischgebet zu sprechen, das traute sich von ihnen noch keiner. Daher verließen sie sich lieber auf ihn. Bruno stand auf, damit Tom und Pete zurück auf die Eckbank klettern konnten, dann blieb er gleich stehen und faltete die Hände: „Lieber Vater im Himmel", erfüllte seine tiefe Stimme die Küche. Mit seinem mächtigen Bart, den langen Haaren und den bratpfannengroßen Händen hatte er wirklich etwas weihnachtsmannartiges an sich. Vielleicht war nikolaushaft sogar der treffendere Ausdruck für sein Aussehen, denn der heilige Nikolaus hatte ja wirklich gelebt und den Armen im Namen Jesu Gutes getan. Dagegen war der rot gekleidete Weihnachtsmann nur die kluge Werbeidee einer amerikanischen Getränkefirma. „Wir freuen uns über den Geburtstag deines Sohnes Jesus! – Kaum zu begreifen, wenn Gott Mensch wird!" Bruno sah in die Runde. Nach einer kleinen Pause setzte er fort: „Herr Jesus, du weißt, wie es uns geht, weil du den Himmel verlassen hast und als kleines Kind geboren wurdest! Du bist nicht fern. Mit allem, was uns beschäftigt,

können wir zu dir kommen. Klasse, dass du für uns da bist und uns hilfst! – Vielen Dank! Heute feiern wir deine Geburt und freuen uns mit dir über die Gemeinschaft, das gute Essen und die Geschenke! Amen!"

„Er weiß, wie es uns geht?", flüsterte Saby Julia zu.

„Ja, er kennt dich und mich, versteht unsere Sorgen oder warum wir traurig sind."

„Gilt das auch für Kinder?"

„Na klar! Jesus mag Kinder ganz besonders!"

„Und Eltern?"

„Natürlich! Alle Menschen! Ob groß, ob klein, egal welcher Hautfarbe oder aus welchem Herkunftsland."

„Hm." Saby schob sich ein Stück von ihrem Würstchen in den Mund. Sie dachte nach, und das Runzeln auf ihrer Stirn zeigte, dass ihr das Denken von einem zum Menschen gewordenen Gott fremd war. Auch der Gedanke an einen Jesus, der sie kannte und liebte, war für sie völlig ungewöhnlich.

Pete hatte dem Gespräch der Mädchen zugehört. Seit seinem Ausrasten hatte er überhaupt nichts mehr am Tisch gesprochen, aber nun konnte er sich nicht mehr zurückhalten: „Ich glaub das nicht! Wer mag uns schon? Ihr seid die Einzigen!" Er sah Tom und Julia an.

„Sag doch nicht solche Sachen!"

„Wer denn sonst noch, Mama?"

„Nun ja, besonders leicht habt ihr es auch uns nicht gemacht", gab Tom zu.

„Siehst du?" In Petes Stimme lag bitterer Triumph.

Frau Wächter schwieg.

„Nun lasst euch den Weihnachtsabend nicht durch irgendwelche Leute vermiesen, die euch nicht mögen! Ihr seid da, und wir freuen uns über euch! Das zählt!" Mama Dietz packte allen noch ein Würstchen mit Kartoffelsalat auf den Teller.

Trotzdem wollte nicht recht weihnachtliche Stimmung aufkommen, obwohl sich die Erwachsenen redlich um gute Gespräche mühten.
„Und alles nur wegen Papa!“, maulte Pete weiter. „Wären wir nur fortgeblieben! Ich hasse dieses Dorf!“
„Was hat euer Vater damit zu tun?“, fragte Tom vorsichtig.
„Hätte er nicht das Haus geerbt und hätte er endlich mal Arbeit, dann wären wir in unserer alten Wohnung geblieben!“
„Pete, sprich nicht so über deinen Vater!“
Er sah wütend zu seiner Mutter, verzog den Mund und stocherte danach wieder auf seinem Teller herum. „Ist doch wahr!“, grummelte er zwischen den Zähnen hindurch.
„So, so, ihr habt das Häuschen in der Gumpengasse geerbt?“ Heinz Dietz interessierte sich sehr für die Familiengeschichte der Wächters.
Ute nickte.
Tom und Julia tauschten besorgte Blicke aus.
„Also, ich kann kaum mehr papp sagen!“, stöhnte Julia übertrieben laut und strich sich über ihren Bauch. „Wie wär's, wenn wir es uns im Wohnzimmer gemütlich machen würden?“
„Stimmt, da warten ja noch Geschenke auf euch!“ Mama Dietz hatte begriffen. Nachdem sich Pete gerade einigermaßen beruhigt hatte, war es ungünstig, schon wieder das heikle Thema Familie aufzugreifen.
Nun kapierte auch Heinz, dass er wohl gerade das Falsche angesprochen hatte: „Ja, ja, natürlich!“, bestätigte er eifrig mit leicht rotem Kopf. Er stand auf und half den Tisch abzuräumen. „Geht schon mal vor. Wir kommen gleich nach!“
Die Geschwister führten die Wächters ins Wohnzimmer, gefolgt von Bruno und Sergeant Pepper.
„Wir warten noch, bis Mum und Paps soweit sind. Macht's euch inzwischen gemütlich!“ Julia ging mit gutem Beispiel vor-

an und hockte sich mit dem Rücken zum warmen Ofen auf die Knie. Saby gesellte sich zu ihr, während Pete und Ute noch unschlüssig im Raum herumstanden.
„Jetzt setzt euch schon!“, ermunterten Tom und Bruno die beiden, nachdem sie sich aufs Sofa geworfen hatten. Das gute Stück hatte ihr Plumpsen mit einem leichten Ächzen abgefangen.
Zögernd ließ sich Pete neben den Mädchen auf dem Boden nieder. Ute setzte sich in einen der beiden Sessel. Erfreulicherweise kamen bald Mama und Papa Dietz dazu, die Stille im Wohnzimmer wäre sonst peinlich geworden.
Hoffentlich lockert die Bescherung diese steife Runde auf, dachte sich Tom, als er aufstand, um die Geschenke zu verteilen. Niemand wurde vergessen. Sogar Sergeant Pepper erhielt etwas: einen aus Büffelhaut gepressten Knochen. Mit Begeisterung nagte er sofort los.
Unter großem Rascheln packten alle ihre Geschenke aus. Voller Neugier beobachteten Tom und Julia dabei die Wächters-Kinder. Ob sie sich über ihre Geschenke freuen würden?
Petes Augen weiteten sich, als er die, vom Geschenkpapier befreite, kleine Schachtel öffnete und darin ein wundervolles Taschenmesser mit vielen Funktionen fand. Auch Saby blieb der Mund offen stehen, als sie die hübsche Lederhandtasche in Händen hielt. Immer wieder streichelte sie ungläubig über das weiche Leder. Ihr Gesicht strahlte vor Freude: „Vielen Dank!“, flüsterte sie. „Die ist ja wunderschön!“
Ute freute sich über Pralinen und eine besondere Handcreme; aber noch viel mehr freute sie sich über das Leuchten in den Augen ihrer Kinder.
Bruno hatte Familie Dietz einen Grill für den Garten geschenkt. „Nicht ganz ohne Hintergedanken!“, gab er mit einem

schmatzenden Zungenschlag offen zu und probierte danach seine neue Strickjacke gleich an.
Mama Dietz lächelte über den Gutschein für einen Wellness-Tag und Papa Heinz prüfte zufrieden den neuen Sattel für sein Fahrrad, nachdem der alte den Geist aufgegeben hatte. Tom hielt ein brandneues Computerspiel in den Händen und Julia baute die Staffelei auf, die ihr das Malen erleichtern sollte.
Ein Geschenk blieb leider verpackt unter dem Weihnachtsbaum zurück: jenes für Herrn Wächter. Verloren lag es da und erinnerte alle daran, dass Petes und Sabys Vater der Einladung fern geblieben war.

Karl Wächters Geheimnis

Nach der Bescherung packte Ute einen köstlichen Nachtisch mit Schokolade und weihnachtlichem Aroma aus. Sie hatte ihn als Dankeschön und Geschenk für Familie Dietz zubereitet.
„Unglaublich lecker!“ Tom holte sich als Erster einen Nachschlag.
Bruno legte ebenfalls ein bemerkenswertes Tempo beim Leeren seiner Schale vor. Gerade als er ein weiteres Mal in die große Schüssel fuhr, erschallte wieder das Ding-Dong der Haustür. Er verharrte in der Bewegung und sah fragend in die Runde.
Sergeant Pepper sprang auf, ging in Habachtstellung und schlug mit lautem Gebell an. Jeder Muskel in seinem drahtigen Körper war gespannt.
Alle tauschten Blicke untereinander aus, jeder war sich sicher: Das nur *einer* sein konnte.
„Ding-Dong!“
Der Sergeant knurrte.
„Willst du nicht öffnen?“, fragte Erika Dietz ihren Mann.
„Oh, natürlich! Wie peinlich, jemanden in der Kälte vor der Tür warten zu lassen“, nuschelte Heinz und ging rasch in den Flur, dicht gefolgt vom Sergeant, der natürlich als Erster wissen musste, wer es sich da erdreistete, seine weihnachtliche Behaglichkeit zu stören.
Die Zurückgebliebenen spitzten gespannt die Ohren, keiner wollte etwas verpassen.
Heinz packte Sergeant Pepper am Halsband, öffnete und sah in etwas Abstand eine eingemummte Person im Dunkeln stehen. Der Sergeant knurrte pausenlos und zitterte vor Aufregung. „Pscht, Sergeant! Kein Grund zum Ausrasten!“, tadelte er den Schnauzer und schaltete dann das Außenlicht an: „Ja, bitte?“

Tom hielt es nicht mehr im Wohnzimmer, er schlich in den Flur. Warum schleiche ich eigentlich, überlegte er. Es gab keinen Grund dazu, aber irgendwie wollte er nicht unnötige Aufmerksamkeit erregen. Als er seinen Vater erreichte, hatte die Person im Hof noch immer nicht geantwortet. Trotz Beleuchtung blieb das Gesicht des Wartenden unter der Kapuze seiner Jacke verborgen.
„Ja, bitte?“, wiederholte Papa Dietz freundlich.
In den Menschen kam Bewegung, er wippte unschlüssig hin und her, was der Sergeant mit weiterem Knurren und Zittern quittierte.
Tom nahm sich ein Herz: „Herr Wächter?“
Die Person hob zögernd den Kopf und sah zu ihnen auf. Nun fiel endlich ein wenig Licht auf das Gesicht.
„Er ist es!“, raunte Tom seinem Vater zu.
Papa Dietz reagierte sofort: „Kommen Sie doch rein! Hier draußen holen wir uns noch alle eine Erkältung! Keine Angst vor dem Sergeant, seine Klappe ist größer als sein Mut!“ Er unterstützte seine Worte mit einer einladenden Handbewegung, zog Sergeant Pepper ein Stückchen nach hinten und trat zusammen mit Tom zur Seite.
Langsam kam Herr Wächter näher und stand schließlich im Flur, wo er sogleich vom Sergeant ausgiebig beschnuppert wurde. Im Nu hörte dessen Zittern auf, dagegen begann das Stummelschwänzchen freundlich hin und her zu wackeln. Aus seiner Sicht war der Gast angenommen, drinnen wartete sein Kauknochen, also hielt sich Sergeant Pepper nicht länger mit Förmlichkeiten auf und trollte sich zurück ins Wohnzimmer.
Heinz schloss die Tür und rieb sich die Hände: „Saukalt, heute. Aber hier ist’s ja warm. Wollen Sie nicht ablegen?“ Er deutete auf die Garderobe, wo schon die Anoraks von Ute und den Kindern hingen.

Als Herr Wächter diese sah, durchfuhr es ihn leicht, er nickte aber und begann, aus seiner Jacke zu schlüpfen.
Papa Dietz half ihm und hängte die Jacke an den letzten freien Haken. „Hier, rechts. Da ist das Wohnzimmer. Wir haben Sie vermisst!"
„So ... Soll ich wirklich?", stotterte Herr Wächter.
Tom fiel auf, dass ihn Alkoholgeruch umgab. Aber richtig betrunken wirkte er nicht.
„Selbstverständlich!", antwortete Papa Dietz. „Sie sind doch unser Gast!"
„Aber die Kinder ... Ich weiß nicht, ob sie mich so überhaupt sehen wollen. Besser ich geh wieder. Dann vermiese ich euch nicht die Feier."
„Überhaupt nicht!", warf Tom ein. „Wir freuen uns, weil Sie noch gekommen sind. Pete und Saby auch! Selbst wenn sie es nicht gleich zeigen können."
„So ist es. Und jetzt Schluss damit!", entschied Heinz Dietz und schob Herrn Wächter sanft ins Wohnzimmer.
Mit großen Augen sah die Gesellschaft Karl Wächter an, als er im Türrahmen erschien.
„Hallo Karl." Ute erhob sich und nahm ihren Mann freundlich lächelnd in Empfang.
Nun standen alle auf, um ihn zu begrüßen, auch Pete und Saby suchten kurz die Nähe ihres Vaters. Auf dem Sofa wurde zusammengerückt, so konnte sich Herr Wächter auf den Platz setzen, der Utes Sessel am nächsten war.
„Es ... Es tut mir Leid", rang er nach Worten. „Ich hab mich vor heute Abend gefürchtet."
„Deshalb bist du lieber in die Kneipe gegangen!", platzte es aus Pete bitter heraus.
„Pete!"

„Lass nur, Ute. Er hat ja Recht. Ich bin ein jämmerlicher Feigling!“ Seine Worte kamen langsam, mit leichtem Zungenschlag über die Lippen. Nur daran merkte man, dass er wohl doch zu viel getrunken hatte.
„Wollen Sie eine Kleinigkeit essen? Es sind noch Würstchen da!“
Herr Wächter schüttelte den Kopf.
„Dann hole ich Ihnen etwas zu trinken.“ Mama Dietz verließ das Wohnzimmer und kam einen Moment später mit einer Apfelschorle zurück: „Hier, bitte!“ Sie stellte das Glas vor ihm auf den Tisch.
„Danke.“
„Wir haben auch ein Weihnachtsgeschenk für Sie!“, rief Julia. Sie hatte sich daran erinnert, dass unter dem Baum noch ein unberührtes Päckchen wartete. Rasch holte sie es und legte es Herrn Wächter in die Hände. „Fröhliche Weihnachten!“
Er sah es an, als ob er noch nie so etwas gesehen hätte.
„Fröhliche Weihnachten, Herr Wächter! Schön, dass Sie noch gekommen sind! Wir freuen uns sehr!“ Bruno lächelte ihn an.
„Ja, fröhliche Weihnachten!“, wiederholten die anderen und warteten gespannt darauf, bis er endlich mit Auspacken anfangen würde.
Doch Herr Wächter hielt das Päckchen einfach nur in den Händen und sah es an. Plötzlich fiel ein Tropfen drauf: „Plock!“ Dann zwei weitere: „Plock, plock!“
„Aber Sie weinen ja!“ Julia kannte Freudentränen über Geschenke, aber diese drei dicken Tropfen hatten noch einen anderen Inhalt.
„Entschuldigung.“ Herr Wächter rümpfte die Nase und rieb sich mit dem Ärmel über das Gesicht. „Verzeihung, ich ... Das ist alles so ungewöhnlich, und ...“ Er rang nach Worten und gab sich Mühe, weitere Schluchzer zu unterdrücken.

Aus dem Augenwinkel warf Tom einen Blick auf Pete. In seinem Gesicht gab es einen Widerstreit zwischen Mitleid und Wut. Ihm fiel es schwer, im Raum zu bleiben.
„Ich … Ich muss euch endlich was erklären." Herr Wächter sah zu seiner Frau und zu seinen Kindern. „Schon viel zu lang habe ich daraus ein Geheimnis gemacht. Aber das ist so furchtbar schlimm für mich, dass ich nie darüber sprechen wollte."
Tom zog die Augenbrauen hoch und tauschte sich kurz stumm mit Julia und Bruno aus. Die drei waren bis in die Haarspitzen gespannt und konnten es kaum erwarten, bis Herr Wächter zu erzählen begann.
„Sollen wir das Zimmer verlassen, damit Sie und ihre Familie ungestört sind?"
Wie ein Schlag traf Mama Dietz' Frage die Geschwister. Alles, nur das nicht! Ängstlich warfen sie einen Blick auf Herrn Wächter und befürchteten, dass die Höflichkeit ihrer Mutter ihre ganzen Hoffnungen zunichte machen könnte.
Glücklicherweise reagierte er überhaupt nicht auf ihr Angebot, vielleicht hatte er es auch nicht gehört.
Als sie ihre Frage wiederholen wollte, sahen Tom und Julia sie flehend an und legten die Zeigefinger auf die Lippen. Niemand der Wächters bekam das mit, aber Mama Dietz verstand. Sie fand die Neugier ihrer Kinder nicht sonderlich gut, wunderte sich aber noch mehr, als sie aus Brunos Ecke ein deutliches „Pfff" der Erleichterung hörte. „Also, so was!", murmelte sie leicht empört.
Die drei zuckten entschuldigend mit den Schultern und richteten wieder ihre ganze Aufmerksamkeit auf Familie Wächter.
Verunsichert warteten Ute und die Kinder auf das, was Karl nun sagen wollte. Er schämte sich und hatte Mühe, überhaupt einen Anfang zu finden.

Nur Sergeant Pepper war das alles egal. Er hatte es sich auf seinem weich gekauten Weihnachtsgeschenk gemütlich gemacht und schlummerte selig vor dem warmen Ofen.
„Ich wollte nie mehr ins Dorf zurückkommen." Herr Wächter holte tief Luft. „Einen schlimmeren Ort als diesen gibt es für mich nicht! Aber es blieb ja keine andere Wahl – wir mussten zurück."
Pete blitzte seinen Vater zornig an: „Wegen dir haben wir alles verloren, und nun wohnen wir in dieser schrecklichen Bruchbude!"
„Pete!", flüsterte Saby beschwichtigend. Der Glanz in ihren Augen zeigte, dass sie kurz vor den Tränen stand.
„Pah!", blaffte Pete abfällig und verschränkte die Arme vor der Brust.
„Ich weiß, ich bin nicht der Vater, den du dir wünschst."
„Du hast alles kaputtgemacht!"
Schweigen trat im Wohnzimmer ein. Ute fingerte nervös an ihrer Halskette herum. Mit zitternder Hand griff Karl nach seinem Glas und nippte ein wenig daran. Nachdem er es wieder abgestellt hatte, setzte er fort: „An dem Tag, als mir Ute über die Entdeckung der Kinder in der Museumsscheune erzählt hat, wusste ich, dass ich nicht mehr schweigen durfte."
„Als du von Opas Uniform gehört hast, bist du aschgrau geworden." Ute verstand bis heute nicht, warum ihr Mann darüber so erschrocken gewesen war.
„Ich hatte gehofft, wenn ich nie mehr ins Dorf zurückkehren und viel Alkohol trinken würde, könnte ich die Vergangenheit vergessen. Ich wollte die Erinnerungen an meine Kindheit ausradieren. Aber über all die Jahre ist es nur viel schlimmer geworden."
„Seit ich dich kenne, bedrückt dich etwas. Nirgendwo hast du es lang ausgehalten. Denk nur an die vielen Jobs, die du ange-

fangen und nach kurzer Zeit wieder aufgegeben hast." Utes Augen füllten sich mit Tränen. „Wie sehr habe ich darauf gewartet, dass du dein Schweigen endlich brichst! All die Jahre!"
„Es tut mir Leid. Ich bin ein Feigling."
„Ich glaub viel eher, dass Sie sich die ganze Zeit über geschämt haben!", platzte Bruno in das Gespräch der Wächters hinein. Wie alle war er ganz bei der Unterhaltung dabei, und da war es plötzlich aus ihm herausgesprudelt. „'tschuldigung", brummte er leise, als er bemerkte, wie ihn alle anschauten, „wollte mich nicht einmischen." Er räusperte sich.
Tom und Julia konnten sich trotz der heiklen Situation ein Schmunzeln nicht verkneifen.
Pete und Saby interessierten sich für Brunos Unterbrechung nicht. Sie waren angespannt und traurig zugleich. Pete kämpfte damit, ob er seinen Vater verabscheuen oder lieben sollte. Es war nicht abzusehen, was am Ende die Oberhand behalten würde.
Julia hoffte im Stillen von ganzem Herzen, dass das Gute siegen mochte: „Bitte hilf!", murmelte sie leise und bewegte dabei kaum die Lippen. Bruno hatte wohl auch zu beten begonnen: Mit geschlossenen Augen und gefalteten Händen saß er da. Es tat ihr gut, ihn so zu sehen.
Herr Wächter setzte mit schwacher Stimme fort: „Vielleicht habt ihr euch gefragt, wie die Uniform in die Museumsscheune gekommen ist?"
„Klar! Die ganze Zeit zerbreche ich mir darüber den Kopf!", rief Tom und erschrak augenblicklich, als nun plötzlich er im Zentrum der Aufmerksamkeit stand. „Ups", nuschelte er verlegen und sah, wie sich ein breites Grinsen unter Brunos mächtigem Bart abzeichnete.
„Weshalb interessierst du dich für diese Uniform?", fragte Herr Wächter.

Tom versuchte, seine Gesichtsfarbe in den Griff zu bekommen, bevor er antwortete. Leicht rosa um die Nase erklärte er dann: „Sie stammt aus dem Zweiten Weltkrieg. Außerdem haben wir nach den Sommerferien herausgefunden, dass im Dorf ein großes Geheimnis um den alten Bauhof gemacht wird."

„Die Obere Heide", warf Herr Wächter finster ein.

„Ja, wir haben dort auch eine Erkennungsmarke von einem deutschen Soldaten gefunden."

„Sergeant Pepper hat sie ausgegraben!", schob Julia ein. Herr Wächter sollte wissen, dass der Schnauzer Teil ihres Teams war.

„Die Marke gehörte zu einem Soldaten der Waffen-SS", ergänzte Bruno, der seine Augen nun wieder geöffnet hatte.

Petes und Sabys Vater nickte seufzend.

„Die Uniform eures Großvaters zeigt auch die Zeichen der Waffen-SS", setzte Tom fort. „Außerdem habe ich im alten Bauhof auf einer Barackenwand den Satz *Hütet euch vor dem Peitschen-Sepp* entziffern können.

Herr Wächter zuckte, als er Toms Worte hörte.

„Niemand im Dorf mag uns sagen, was auf der Oberen Heide los war! Als Tom Hubse nach dem *Peitschen-Sepp* fragte, ist er weiß wie eine Wand geworden, nicht wahr?" Julia sah ihren Bruder an.

„So war es."

„Dann gibt es noch diese blau-weiß gestreifte Sträflingsjacke", setzte Julia hinzu.

„Naja, wenn wir nun alles zusammenzählen, so bleibt übrig, dass auf der Oberen Heide irgendein Lager gewesen sein muss. Aber jeder, den wir bisher gefragt haben, hätte sich lieber die Zunge abgebissen, als darüber ein Wort zu verlieren!" Tom schaute enttäuscht in die Runde.

„Dort oben war ein Lager", flüsterte Herr Wächter.

Gespannt zogen die drei Freunde ihre Augenbrauen hoch.
„Am Anfang waren es Unterkünfte für die Männer des Reichsarbeitsdienstes.“
„Die Leute, welche die Häuschen in der Gumpengasse gebaut haben?“, fragte Tom.
„Und noch manches mehr. Zum Beispiel haben sie auch die Ufer des Steinbachs begradigt, um die Hochwassergefahr zu mindern.“
„Ach, deswegen fließt der Steinbach so kerzengerade durch die Landschaft?“
Herr Wächter nickte Tom zu. „Eines Tages waren alle Arbeiten getan, der Arbeitertrupp zog weiter, und die Unterkünfte blieben leer zurück.“ Ihm fiel das Weitersprechen schwer. „Doch nur für kurze Zeit!“, presste er hervor und trank hastig sein Glas leer, als ob er eine aufkommende Übelkeit hinunterspülen musste.
„Warum wissen Sie das alles? Sie sind doch jünger als ich und können damals gar nicht dabei gewesen sein!“
„Glauben Sie mir, für mich ist es so, als hätte ich jeden einzelnen Tag in diesem verdammten Lager miterlebt!“
„Wie soll das gehen?“
Herr Wächter sah Bruno und die anderen traurig an: „Jede Nacht wurde mein Vater durch Albträume gequält. Seine Schreie gellten durch das ganze Haus. Tagsüber ließ er dann seinen Schmerz an Mutter und mir aus. Es war die Hölle. Besonders dann, wenn er, wie so oft, zu viel getrunken hatte.
„War Ihr Vater ein Gefangener dort oben gewesen?“, hauchte Julia ängstlich.
Tom begriff plötzlich: „Nein, er hat sie bewacht!“, rief er und schlug sich mit der flachen Hand gegen die Stirn. „Er hatte die Uniform an!“

„Meine Güte, da liegt die Antwort schon seit dem Tag in der Museumsscheune vor unserer Nase und wir kapieren's nicht!", brummte Bruno mit einem Kopfschütteln und fragte sich, wie er diesen wichtigen Zusammenhang hatte übersehen können. „Sepp ist doch die Kurzform von Josef!"
„Sepp? – Josef?", wiederholte Julia gedehnt. „Peitschen-Sepp? – Peitschen-Josef?" Ihr blieb der Mund offen stehen. „Peitschen-Josef? – Josef Wächter?"
Eine schwere Stille legte sich auf das weihnachtlich geschmückte Wohnzimmer, und entsetzte Blicke wanderten zu Herrn Wächter.
Er nickte.
„Dein Vater war Aufseher in einem Lager und trug den Spitznamen *Peitschen-Sepp*, Karl?" Ute starrte ihren Mann an. „*Peitschen-Sepp?*" Grauen schwang in ihrer Stimme.
Er nickte wieder.
„Ist es das, was du die ganzen Jahre mit dir herumgeschleppt hast? Deshalb hast du zu viel Alkohol getrunken? Dich von allen zurückgezogen? Auch von uns?" Ute zeigte auf die Kinder und sich.
„Was hätte ich denn tun sollen?", fragte er matt. „Wer hält es denn mit einem aus, dessen Vater so schlimm gewesen ist?"
Tom und Julia erinnerten sich an ihre erste Begegnung mit Herrn Wächter auf dem Rathausplatz: „Darum haben die Leute damals komisch reagiert", murmelte Julia.
„Den Dörflern wäre es am liebsten, wenn sie sich nie mehr an meine Familie und an das Lager erinnern müssten. Meine Rückkehr traf die Obersteinhausener wie ein Schlag."
Tom dachte an Meißel und Kächele.
„Aber das Grauen ist auch auf meiner Seite. Jetzt wieder in diesem Kaff zu leben, ist die schlimmste Strafe, die ich mir vorstellen kann. Der bittere Lohn für ein verpfuschtes Leben." Er

sah seine Kinder an: „Ich schäme mich furchtbar für mein Versagen. Ich war so sehr mit mir selbst beschäftigt und habe mich nie richtig um euch gekümmert. Bitte verzeiht."
Saby und Pete fiel es schwer, mit der Offenheit ihres Vaters umzugehen. Er hatte noch nie um Vergebung für sein Verhalten gebeten. Unruhig rutschten sie auf ihren Hosenböden hin und her und überlegten, was sie antworten sollten.
Julia wollte sie aus ihrer Verlegenheit holen und fragte: „Warum gehen die Dörfler der Vergangenheit des alten Bauhofs aus dem Weg?"
Herr Wächter wandte sich ihr zu, Pete und Saby entspannten. „Weil sich dort nicht nur mein Vater die Hände schmutzig gemacht hat, sondern auch manch einer aus dem Dorf die seinen. Viele, vielleicht sogar alle, haben von dem gewusst, was im Lager geschah. Aber jeder hat weggesehen, keiner hat was dagegen unternommen. Entweder du hast aus dem Lager deinen Vorteil gezogen oder du hast aus Angst vor der SS die Klappe gehalten! Nach dem Krieg wollten alle nur noch, dass so schnell wie möglich Gras über die Sache wächst und die ganze Geschichte aus den Köpfen verschwindet."
„Ach." Tom spitzte den Mund.
„Dummerweise ist Josef Wächter im Dorf geblieben!", setzte Herr Wächter mit bitterer Bissigkeit fort. „Niemals wieder sprach einer vom Peitschen-Sepp, doch er blieb mitten unter ihnen, bis zu seinem letzten Tag fürchteten sie sich vor ihm. Als er dann starb, atmete jeder auf. Aber da war ja noch ich: Karl Wächter, der Sohn des Schlächters."
„Schlächter?", riefen alle entsetzt.
Herr Wächter schwieg.
„Hat … Hat Opa Menschen getötet?", fragte Saby zögernd.
„Wenn es stimmt, wovon er in seinen Träumen gesprochen hat, dann haben einige Gefangene seine Peitschenhiebe nicht über-

lebt.“ Herr Wächter fühlte sich bleischwer und sehnte sich nach einem gnädigen Schleier des Vergessens.

„Wie ging es nach Opas Tod weiter?“

Erstaunt sahen alle auf Pete, weil er sein langes Schweigen gebrochen hatte.

„Das Häuschen in der Gumpengasse blieb nach Vaters Tod ein grauenvoller Ort, obwohl Mutter und ich alles, was an ihn erinnerte, nach und nach wegwarfen.“

„Sie haben gehofft, dass so Frieden und Ruhe in Ihrem Leben einkehrt?“, fragte Bruno.

„Ein blauäugiger Irrtum, ich weiß“, antwortete Herr Wächter müde. „Nicht weniger schlimm gestaltete sich das Leben im Dorf: Aus Angst vor dem Peitschen-Sepp hatte mich damals der Schlosser in die Lehre genommen. Ein Jahr nach Vaters Tod, am gleichen Tag meiner bestandenen Prüfung, entließ er mich. Nun hatte er ja nichts mehr vom Peitschen-Sepp zu befürchten. Kein anderer gab mir noch eine Chance, die Leute machten einen weiten Bogen um mich. In diesem schrecklichen Dorf hielt mich nichts mehr. Am Tag meiner Flucht suchte ich auf dem Speicher nach einem Koffer, so habe ich die Truhe entdeckt.“

„Die Truhe aus der Museumsscheune?“, riefen Tom und Julia gleichzeitig.

„Die kommt von dir?“ Pete starrte seinen Vater an. „Du hast sie dorthin gebracht?“

„Bevor ich mich davonmachte, mit Mutters Einverständnis.“

„Jöh“, brummte Bruno. „Aber warum?“

„Weil ich wusste, dass der Tag kommen würde, an dem jemand die Truhe öffnen würde, und sich die Dörfler dann ihrer Vergangenheit stellen müssten.“

„So ähnlich ist's ja gekommen“, knurrte Bruno verächtlich, als er an das Herumeiern des Bürgermeisters, von Bauhofleiter

Meißel und Ochsenwirt Kächele dachte. Ganz zu schweigen von dem unglücklichen Hubse, der sich als Verräter an der Dorfgemeinschaft fühlte, weil er Tom und Julia auf die Spur gesetzt hatte. „Den Feiglingen werden wir ganz schön einheizen! Mann, ich lebe in einem Dorf von Waschlappen!“ Grollend schlug er mit der flachen Hand auf den Tisch. Sämtliche Gläser klirrten.
„Vorsicht, Bruno!“, ermahnte ihn Mama Dietz. „Unser Mobiliar kann nichts dafür!“
Erschrocken war Sergeant Pepper aufgesprungen und schaute verstört zum Tisch hinüber.
Der Tisch war Bruno egal, aber dass er den Sergeant aus seinem gemütlichen Schlummer gerissen hatte, das tat ihm wirklich Leid: „’tschuldigung, alter Kumpel, das wollte ich nicht!“ Bruno fingerte nach einem Weihnachtsplätzchen und warf es Sergeant Pepper zu. Der fing es mit dem Maul im Flug auf, verdrückte es schmatzend und rollte sich wieder versöhnt am warmen Ofen zusammen. Den anschließenden Tadel „Der Hund wird zu dick!“, ließ Bruno gutmütig über sich ergehen und wandte sich Herrn Wächter zu: „Warum hat Ihr Vater die Kleidung überhaupt aufgehoben? Wäre es nicht schlauer gewesen, das Zeug nach dem Krieg verschwinden zu lassen?“
„Ich weiß es nicht. Vielleicht waren die Sachen so etwas wie ein sichtbarer Beweis dafür, dass seine Albträume wahr waren.“ Herr Wächter wirkte erleichtert. Es hatte ihm gut getan, die Geschichte endlich einmal loszuwerden. Dankbar sah er zu seiner Frau, weil sie ihn nicht mit Verachtung überzog.
Ute nahm ihn sogar sanft in die Arme. Nach so vielen Jahren der Ungewissheit war es für sie eine große Entlastung, den Grund für das Verhalten ihres Mannes erfahren zu haben. „Wir wollen die Dinge nicht mehr totschweigen!“, sagte sie leise und gab ihm einen Kuss.

„Du magst mich noch?"
„Ich habe dich immer gemocht und werde es auch in Zukunft tun. Meinst du, ich wäre sonst so lang bei dir geblieben?"
Nun kam Saby hinzu, setzte sich ihm auf den Schoß und schlang die Arme um seinen Hals.
Pete blieb weiterhin auf Abstand, aber sein Gesicht hatte die Härte verloren.
„Das ist ein Wunder!" Julia staunte, wie an diesem Heiligabend die geplagte Familie Wächter etwas ganz Besonderes erleben durfte. Plötzlich gab es da eine neue Hoffnung, weil das schmerzvolle Geheimnis nun erzählt und so seine zerstörerische Kraft gebrochen war.
„*O du fröhliche, o du selige …*", begann Bruno zu singen.
„*… Gnaden bringende Weihnachtszeit!*", sangen Erika und Heinz mit. Auch der Rest versuchte, so gut wie möglich, unter Brunos Führung, der Melodie zu folgen: „*Christ ist erschienen, uns zu versühnen. Freue, freue dich o Christenheit!*"
„Ich wusste gar nicht, dass ihr den Text so gut kennt!", meinte Tom hinterher anerkennend zu seinen Eltern.
„Den kennt doch fast jeder!", schränkte Papa Dietz verlegen lächelnd ein. „Wird ja auf jedem Weihnachtsmarkt hoch und runter gedudelt!"
„Ändert aber nichts daran, dass er wahr ist!", gab Tom lächelnd zurück.
„Ja, ja, stimmt schon." Heinz räusperte sich. „Mag jemand Kaffee? Ich würde einen kochen."
Julia lächelte über ihren Vater. Er hatte noch immer Hemmungen, wenn es um seine Freundschaft zu Jesus ging. Dabei war sie doch so was von offensichtlich!
„Wie geht's nun weiter?", fragte Tom in die Runde.
„Ich, für meinen Teil, möchte mich nicht mehr vor der Zukunft drücken und werde den Alkohol bekämpfen. Ich will euch end-

lich unterstützen! Wir haben viel zum Aufholen!" Während Herr Wächter dies sagte, sah er hauptsächlich Pete an. „Es wird nicht leicht, aber gebt mir eine Chance."

„Meiner Meinung nach verdienen die Dörfler einen Denkzettel! Sie haben Herrn Wächter so schlecht behandelt, ganz zu schweigen von ihrer Geheimniskrämerei!"

„Worauf du zählen kannst, Julia!", antwortete Bruno entschlossen. „Das sind wir schon allein den Menschen schuldig, die im Lager zu Schaden gekommen sind! Mit Herrn Wächters Hilfe werden wir dieses dunkle Kapitel für alle ans Licht holen! Es gibt bestimmt einen Heimatforscher oder Reporter, der sich brennend für unsere Entdeckungen interessieren wird!"

„Damit werdet ihr euch aber keine Freunde machen!"

„Gut möglich, Mum, aber die Obersteinhausener sind ja von uns gewöhnt, dass wir die Dinge beim Namen nennen. Wenn wirklich Friede werden soll, dann müssen sich die Dörfler dem Geheimnis der Oberen Heide stellen und dürfen nicht mehr länger so tun, als ob dort nie etwas geschehen wäre!", meinte Tom voller Überzeugung.

„Ich glaube, Gott wünscht sich das auch!" Julia hielt kurz inne und überlegte. „Meinst du, er hat uns *wirklich* mit Absicht in dieses Abenteuer geführt, Tom?"

Tom stutzte, für einen Moment zogen in Gedanken die Erlebnisse der letzten Monate an ihm vorbei. Nicht nur einmal waren sie vor dieser Frage gestanden. „Was meinst du, Bruno? Macht Gott so etwas?"

Unter Brunos mächtigem Bart zeichnete sich ein Schmunzeln ab, und er zwinkerte den Geschwistern mit einem Auge zu.

Tom schmunzelte zurück. „Passt schon, um es mal mit deinen Worten zu sagen. Fröhliche Weihnachten allerseits!"

„Wuff!", kam es wie zur Bestätigung schläfrig vom Ofen herüber.

„Danke, Sergeant!“
Zum ersten Mal an diesem Heiligabend mussten wirklich alle gemeinsam lachen. Es war ein fröhliches Lachen voller Erleichterung und, was die Wächters anbelangte, eines, in dem zarte Hoffnung mitklang.

So kam es, dass Herr Wächter Wort hielt, sich nach den Feiertagen Hilfe suchte, und die Finger fortan vom Alkohol ließ. Auch die Geschwister und Bruno hielten Wort: Zu Beginn des Frühlings erschien ein Zeitungsartikel über das Geheimnis der Oberen Heide. Das führte wiederum dazu, dass sich Bürgermeister Ratgeber für die Gründung eines Heimatvereins stark machte, der noch mehr über diese Geschichte herausfinden sollte. Im Zuge dessen wurde auch beschlossen, endlich die Museumsscheune zum Museum auszubauen. Als besonderer Kenner der dortigen Schätze und auf Vorschlag von Bauhofleiter Meisel wurde Hubse als zukünftiger Museumsführer auserkoren. Mann, war der stolz! Sogar Ochsenwirt Kächele kam bei all dem nicht zu kurz, denn sein Ochsen wurde für den neuen Heimatverein zu einem beliebten Tagungsort, vor allem dann, wenn es um die Erforschung regionaler Küchengeheimnisse ging.
Doch das Beste war, dass zwischen Tom, Julia, Sergeant Pepper, Bruno, Pete und Saby eine Freundschaft gewachsen war.
Alles hatte sich zum Guten gewendet. Vielleicht bekam Tom deswegen Julias Frage vom Heiligabend nicht mehr aus dem Sinn: Hat Gott wirklich so direkt seine Finger im Spiel, wenn Dinge in Ordnung kommen sollen?
„Ich werde das beobachten!“, sagte er sich. „Das will ich genau wissen! Bestimmt wartet irgendwo schon das nächste Abenteuer auf uns. Meine Augen und Ohren sind offen, bin gespannt, wann es wieder losgeht!“

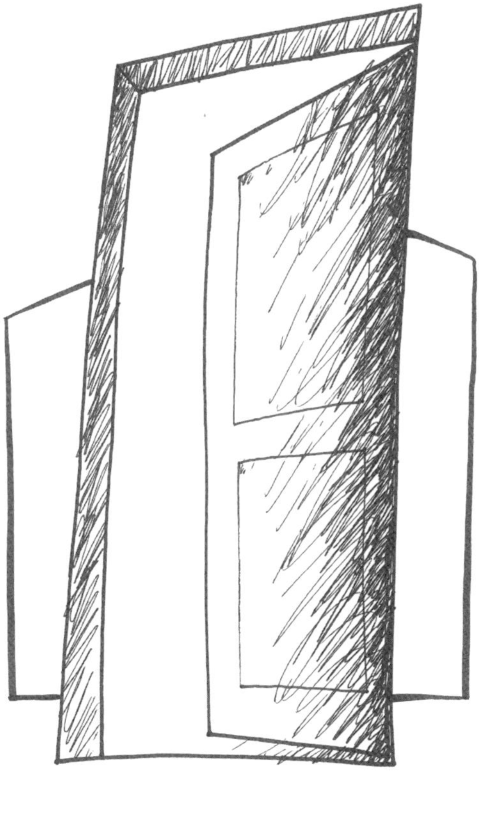

Liebe Freunde von Tom, Julia, Sergeant Pepper und Bruno!

Wenn ihr wissen wollt, wie sich unsere Freunde kennen gelernt und welches spannende Abenteuer sie gemeinsam schon erlebt haben, so besorgt euch doch einfach den ersten Band „Der Drache im Fels“. Er ist unter der **ISBN 3-000-24444-5** erschienen und im Buchhandel erhältlich!

Ein Buch für Kinder ab zehn Jahren, Jugendliche und Erwachsene, die spannende Abenteuergeschichten lieben.
Leseproben und weitere Informationen über den Autor und seine Projekte findet ihr unter: http://www.pfingstag.net